DIAS DE PAZ EM CLICHY

DIAS DE PAZ EM CLICHY

HENRY MILLER

Tradução de
Roberto Muggiati

2ª edição

Rio de Janeiro, 2021

```
CIP-BRASIL. CATALOGAÇÃO NA PUBLICAÇÃO
SINDICATO NACIONAL DOS EDITORES DE LIVROS, RJ

          Miller, Henry, 1891-1980
M592d     Dias de paz em Clichy / Henry Miller ; tradução Roberto Muggiati
2. ed.    – 2. ed. – Rio de Janeiro : José Olympio, 2021.
          112 p.

          Tradução de: Quiet days in Clichy
          ISBN 978-85-03-01389-5

          1. Novela americana. I. Muggiati, Roberto. II. Título.

21-70562                        CDD: 813
                                CDU: 82-32(73)

Meri Gleice Rodrigues de Souza – Bibliotecária – CRB-7/6439
```

Título do original inglês:
Quiet Days in Clichy

Originalmente publicado sob o título Quiet Days in Clichy, de Henry Miller
Copyright © The Olympia Press, 1956
        © Espólio de Henry Miller. TODOS OS DIREITOS RESERVADOS

Este livro foi revisado segundo o novo Acordo Ortográfico da Língua Portuguesa.

Todos os direitos reservados. Proibida a reprodução, armazenamento ou transmissão de partes deste livro, através de quaisquer meios, sem prévia autorização por escrito.

Reservam-se os direitos desta tradução à
EDITORA JOSÉ OLYMPIO LTDA.
Rua Argentina, 171 – 3º andar – São Cristóvão
20921-380 – Rio de Janeiro, RJ
Tel.: (21) 2585-2000.

Seja um leitor preferencial Record.
Cadastre-se no site www.record.com.br
e receba informações sobre nossos lançamentos e promoções.

ISBN 978-85-03-01389-5
Impresso no Brasil
2021

Enquanto escrevo, a noite cai e as pessoas estão indo jantar. Foi um dia cinzento, daqueles que a gente vê muito em Paris. Dando uma caminhada ao redor do quarteirão para arejar meus pensamentos, não pude deixar de pensar no tremendo contraste entre as duas cidades (Nova York e Paris). É a mesma hora, o mesmo tipo de dia, e no entanto a palavra cinzento, que provocou a associação, tem pouco em comum com aquele *gris* que, aos ouvidos de um francês, é capaz de evocar um mundo de pensamento e emoção. Há muito tempo, andando pelas ruas de Paris, estudando as aquarelas expostas nas vitrines das lojas, me dei conta da ausência singular do que é conhecido como cinza Payne. Menciono isto porque, como todo mundo sabe, Paris é uma cidade predominantemente cinzenta. Menciono também porque, no domínio da aquarela, os americanos usam esse cinzento feito sob encomenda excessiva e obsessivamente. Na França, a gama de cinzentos é aparentemente infinita; aqui, o mero efeito do cinza se perde.

Eu estava pensando naquele imenso mundo cinzento que conheci em Paris porque a esta hora, quando habitualmente estaria passeando em direção dos bulevares, me vejo ansioso para voltar para casa e escrever: uma reversão completa dos meus hábitos normais. Lá, meu dia estaria encerrado e eu sairia instintivamente para me misturar com a multidão. Aqui a multidão, esvaziada de toda cor, de toda nuança, de toda distinção, me força para dentro de mim mesmo, me força de volta ao meu quarto, para buscar na minha imaginação aqueles elementos de uma vida ausente que, quando mesclada e assimilada, poderá de novo produzir os cinzentos suaves e naturais, tão necessários à criação de uma existência sistemática e harmoniosa. Olhar na direção do Sacre-Coeur de qualquer ponto ao longo da Rue Laffitte num dia como este, numa hora como esta, bastaria para me levar ao êxtase. Causou aquele efeito sobre mim até quando eu passava fome e não tinha onde dormir. Aqui, mesmo que tivesse mil dólares no bolso, não imagino nenhuma vista que poderia despertar em mim a sensação de êxtase.

Num dia cinzento em Paris eu geralmente me via caminhando na direção da Place Clichy, em Montmartre. De Clichy até Aubervilliers existe um longo colar de cafés, restaurantes, cinemas, armarinhos, hotéis e bordéis. É a Broadway de Paris, que corresponde àquele pequeno trecho entre as Ruas 42 e 53. A Broadway é rápida, estonteante, deslumbrante e não é lugar para se sentar. Montmartre é lerda, preguiçosa, indiferente, um tanto andrajosa e com ar decadente, menos glamourosa do que sedutora, sem cintilar mas brilhando com uma chama mortiça. A Broadway parece excitante, até mágica às vezes, mas não há nela fogo, não há calor — é um reclame de amianto brilhantemente iluminado, o paraíso dos agentes de publicidade. Montmartre é gasta, murcha, abandonada, nua e corrupta, mercenária, vulgar. É, no fundo, mais repulsiva do que atraente, como o próprio vício. Existem pequenos bares cheios quase que exclusivamente de prostitutas, gigolôs, valentões e jogadores, que, por mais que passe ao largo deles mil vezes, finalmente vão sugá-lo e fazer de você uma vítima. Existem hotéis nas ruas transversais que saem do bulevar cuja feiura é tão sinistra que você treme diante do pensamento de entrar neles e, no entanto, é inevitável que você acabe um dia passando uma noite, talvez uma semana ou um mês, num deles. Você pode até ficar tão apegado ao lugar que descobrirá um dia que toda a sua vida foi transformada e aquilo que antes considerava sórdido, sujo, miserável, agora se tornou encantador, terno, bonito. Esse charme insidioso de Montmartre se deve, em grande parte, eu suspeito, ao tráfico aberto do sexo. O sexo não é romântico, particularmente quando é comercializado, mas cria um aroma pungente e nostálgico, muito mais glamouroso e sedutor do que a mais brilhante e iluminada Broadway do mundo. Na verdade, é bastante óbvio que a vida sexual floresce melhor numa luz baça e suja: ela está em casa no *chiaroscuro*, e não no fulgor da luz néon.

Numa esquina da Place Clichy fica o Café Wepler, que foi por um longo período meu refúgio favorito. Sentei-me em seu interior e na sua calçada em todas as horas do dia, em todos os tipos de tempo. Eu o conhecia como a um livro. Os rostos dos garçons, dos gerentes, dos caixas, das prostitutas, da clientela, até das atendentes da toalete estão gravados na minha memória como se fossem ilustrações num livro que leio todo dia. Lembro-me do primeiro dia em que entrei no Café Wepler, no ano de 1928, com minha mulher a tiracolo; lembro-me do choque que experimentei quando vi uma prostituta cair bêbada atravessada sobre uma das pequenas mesas na varanda e ninguém correr para socorrê-la. Fiquei espantado e horrorizado diante da indiferença estoica dos franceses; ainda me sinto assim, apesar de todas as boas qualidades que, com o tempo, encontrei neles. *"Não é nada, é só uma puta... está bêbada."* Ainda posso ouvir aquelas palavras. Mesmo hoje, elas me fazem estremecer. Mas é muito francesa esta atitude, e, se você não aprender a aceitá-la, sua estada na França não vai ser muito agradável.

Nos dias cinzentos, quando fazia frio por toda parte exceto nos grandes cafés, eu ansiava com prazer passar uma ou duas horas no Café Wepler antes de ir jantar. O brilho rosado que banhava o local emanava do bando de prostitutas que geralmente se congregava perto da entrada. À medida que se distribuíam entre a clientela, o lugar se tornava não só cálido e rosado, mas fragrante. Elas voejavam em torno das luzes pálidas como pirilampos perfumados. Aquelas que não tinham a sorte de encontrar um cliente perambulavam lentamente até a rua, em geral para voltar pouco tempo depois e reassumir a posição anterior. Outras entravam pavoneando-se, parecendo frescas e prontas para o trabalho da noite. O canto onde costumavam se congregar era uma espécie de bolsa de valores, o mercado do sexo, que tem os seus altos e baixos como todas as outras bolsas. Um dia chuvoso era geralmente um bom dia, parecia-me. Só existem duas coisas que você pode fazer num dia chuvoso, reza o ditado, e as prostitutas nunca perdiam tempo jogando cartas.

Foi num fim de tarde de um dia chuvoso que espiei uma novata no Café Wepler. Eu tinha ido às compras, e meus braços estavam cheios de livros e discos. Devia ter recebido uma remessa de dinheiro inesperada da América naquele dia porque, apesar das compras que havia feito, ainda tinha algumas centenas de francos nos bolsos. Sentei perto da bolsa de valores, cercado por um pequeno grupo de prostitutas famintas e ávidas, que não tive nenhuma dificuldade de afastar de mim porque meus olhos estavam pregados naquela beleza estonteante, sentada à parte, num canto distante do café. Imaginei que talvez fosse uma jovem atraente que tinha marcado um encontro com seu amante e que chegara antes da hora. O *apéritif* que ela pedira mal fora tocado. Aos homens que passavam por sua mesa ela dava um olhar frontal e firme, mas aquilo nada indicava — uma francesa não desvia o olhar, como o faz a inglesa ou a americana. Olhava ao seu redor quieta, avaliando, mas sem um esforço óbvio para chamar a atenção. Era discreta e digna, intensamente aprumada e contida. Estava à espera. Eu também esperava. Estava curioso para ver quem ela esperava. Depois de meia hora, período em que cruzei seu olhar algumas vezes e a fitei com firmeza, cheguei à conclusão de que ela estava à espera de qualquer um que chegasse com a conversa adequada. Normalmente, basta você fazer um sinal com a cabeça ou com a mão, e a garota deixará a sua mesa e virá ao seu encontro — se for aquele tipo de garota. Eu ainda não estava absolutamente seguro. Ela me parecia boa demais para mim, polida demais — bem alimentada demais, eu diria.

Quando o garçom voltou à minha mesa, apontei para ela e perguntei-lhe se a conhecia. Quando disse que não, sugeri que a convidasse para vir até minha mesa. Observei o seu rosto quando o garçom dava o recado. Senti uma imensa emoção ao vê-la sorrir e olhar para mim com um aceno de cabeça afirmativo. Esperava que se levantasse e viesse à minha mesa, mas em vez disso ela continuou sentada e sorriu de novo, dessa vez mais discretamente, depois virou a cabeça e pareceu olhar para a janela, sonhadora. Deixei que alguns momentos corressem e então, vendo que ela não tinha intenção de fazer nenhum movimento, levantei-me e caminhei até sua mesa. Cumprimentou-me com muita cordialidade, quase como se fosse um amigo, mas notei que estava um pouco agitada, um tanto constrangida. Eu não tinha certeza se ela queria que me sentasse ou não, mas me sentei mesmo assim e, depois de pedir uns drinques, comecei rapidamente a conversar com ela. Sua voz era ainda mais excitante do que o sorriso; era — bem, era profunda, bastante grave e rouca. Era a voz de uma mulher que se sente feliz por estar viva, que satisfaz seus caprichos, que é descuidada e carente, e que fará tudo para preservar o mínimo de liberdade que possui. Era a voz de uma doadora, de uma gastadora; seu apelo atingia o diafragma, mais do que o coração.

Fiquei surpreso, devo confessar, quando ela se apressou a me explicar que eu tinha dado um *faux pas* ao vir à sua mesa.

— Pensei que tivesse entendido — disse ela — que eu o encontraria do lado de fora. Era o que eu estava tentando lhe dizer telegraficamente.

Deu a entender que não queria ser conhecida ali como profissional. Pedi desculpas pela gafe e ofereci-me para sair, o que ela aceitou como um gesto delicado a ser ignorado por um aperto de mão e um sorriso gracioso.

— O que são todas essas coisas? — perguntou rapidamente, mudando de assunto e fingindo se interessar pelos pacotes que eu havia colocado sobre a mesa.

— Apenas livros e discos — falei, dando a entender que dificilmente a interessariam.

— São autores franceses? — perguntou ela subitamente, injetando uma nota de entusiasmo genuíno, pareceu-me.

— Sim — respondi —, mas são meio chatos, eu receio. Proust, Céline, Elie Faure... Você preferiria Maurice Dekobra, não?

— Deixe-me vê-los, por favor. Quero ver que tipo de livros franceses um americano lê.

Abri o pacote e passei-lhe o Elie Faure. Era *A dança sobre fogo e água*. Ela folheou as páginas, sorrindo, fazendo pequenas exclamações ao ler aqui e ali. Então deliberadamente colocou o livro na mesa, fechou-o e pôs sua mão sobre ele como se para mantê-lo fechado.

— Chega, vamos falar de algo mais interessante — e, depois de um momento de silêncio, ela acrescentou: — *Celui-là, est-il vraiment français?*

— *Un vrai de vrai* — respondi, com um sorriso amplo.

Ela pareceu intrigada.

— Excelente francês — continuou, como se para si mesma —, e no entanto não chega a ser francês... *Comment dirais-je?*

Eu estava para dizer que entendia perfeitamente quando ela se recostou contra a almofada, pegou na minha mão e, com um sorriso travesso destinado a reforçar sua candura, disse:

— Ouça, sou uma criatura muito preguiçosa. Não tenho paciência para ler livros. É demais para meu pobre cérebro.

— Existe uma porção de outras coisas na vida — respondi, devolvendo o seu sorriso. Ao dizer isso, coloquei minha mão sobre sua perna e apertei-a calorosamente. Em um instante sua mão cobriu a minha, puxou-a até a parte macia, carnuda. Então, quase com a mesma rapidez, afastou a minha mão com um *"Assez, nous ne sommes pas seuls ici"*.

Tomamos nossos drinques e relaxamos. Eu não tinha nenhuma pressa de sair correndo dali com ela. Em primeiro lugar, estava encantado com a sua fala, que era singular e que me dizia que não era uma parisiense. Era francês puro o que ela falava e, para um estrangeiro como eu, uma alegria de ouvir. Pronunciava cada palavra distintamente, usando quase nenhuma gíria, nenhum coloquialismo. As palavras saíam de sua boca plenamente formadas e com um andamento retardado, como se ela as houvesse rolado no palato antes de projetá-las no vácuo onde o som e o significado são tão rapidamente transformados. Sua preguiça, que era voluptuosa, emplumava as palavras com uma suave gravidade; elas flutuavam até os meus ouvidos como bolas de algodão. Seu corpo era pesado, bem preso à terra, mas os sons que saíam da sua garganta eram como as notas claras de um sino.

Era feita para aquilo, conforme o ditado, mas não me deu a impressão de ser uma prostituta rematada. Que sairia comigo e cobraria em dinheiro, eu sabia — mas isto não faz de uma mulher uma prostituta.

Colocou sua mão em mim, e, como uma foca amestrada, meu pau levantou-se jubiloso diante da sua delicada carícia.

— Contenha-se — ela murmurou —, não é bom ficar excitado tão rapidamente.

— Vamos sair daqui — falei, fazendo um gesto para o garçom.

— Sim — disse ela —, vamos a algum lugar onde a gente possa conversar à vontade.

Quanto menos conversa, melhor, pensei comigo mesmo, ao juntar minhas coisas e escoltá-la até a rua. Um belo rabo, refleti, ao vê-la navegar através da porta giratória. Já a via pendurada na ponta do meu caralho, um pedaço de carne fresca e rica esperando para ser curada e fatiada.

Quando atravessávamos o bulevar, ela comentou como estava satisfeita de ter encontrado alguém como eu. Não conhecia ninguém em Paris, sentia-se solitária. Talvez eu pudesse levá-la aos lugares, mostrar-lhe a cidade? Seria divertido ser guiada pela cidade, a capital do nosso próprio país, por um estrangeiro. Eu já tinha ido a Amboise, a Blois ou a Tours? Talvez pudéssemos fazer uma viagem juntos um dia.

— *Ça vous plairait?*

E assim fomos viajando e conversando até que chegamos a um hotel que ela parecia conhecer.

— É limpo e aconchegante aqui — disse. — E se estiver um pouco frio, vamos aquecer um ao outro na cama — e apertou meu braço afetuosamente.

O quarto era aconchegante como um ninho. Esperei um momento por sabonete e toalhas, dei uma gorjeta à criada e tranquei a porta. Ela tinha tirado o chapéu e o casaco de pele e ficou parada para me abraçar junto à janela. Que pedaço de carne quente e macio! Achei que ela ia amadurecer e se abrir ao meu toque. Em poucos momentos começamos a nos despir. Sentei-me na beira da cama para desatar os cadarços dos meus sapatos. Ela estava de pé ao meu lado, tirando suas roupas. Quando ergui os olhos, estava só de meias. Ficou ali de pé, esperando que a examinasse mais atentamente. Levantei-me e abracei-a de novo, correndo as mãos pelas dobras encapeladas de pele. Ela se desvencilhou do abraço e, mantendo-me a uma pequena distância, perguntou recatadamente se eu não estava um pouco decepcionado.

— Decepcionado? — ecoei. — Que quer dizer?

— Não estou gorda demais? — perguntou, baixando o olhar e pousando-o no umbigo.

— Gorda demais? Que nada, você é maravilhosa. Parece um Renoir.

Isso a fez corar.

— Um Renoir? — repetiu, quase como se nunca tivesse ouvido o nome. — Não, você está brincando.

— Ora, deixe estar. Venha cá, deixe-me fazer um carinho na sua bocetinha.

— Espere, antes preciso me lavar.

Ao caminhar até o bidê ela disse:

— Vá para a cama. Deixe que fique bem quentinha para mim, sim?

Tirei a roupa rapidamente, lavei o meu pau por educação e mergulhei debaixo dos lençóis. O bidê ficava bem ao lado da cama. Quando ela terminou suas abluções, começou a secar-se com a toalha fina e gasta. Inclinei-me e agarrei seu matagal descabelado que ainda estava úmido. Ela me empurrou para a cama e, debruçando-se sobre mim, deu um rápido mergulho sobre meu pau com sua boca vermelha e quente. Enfiei um dedo dentro dela para que ficasse bem molhadinha. Então, virando-a sobre mim, meti até o cabo. Era uma daquelas bocetas que cabem como uma luva. Suas espertas contrações musculares logo me deixaram ofegante. Enquanto isso, ela lambia meu pescoço, minhas axilas, os lóbulos das minhas orelhas. Com as mãos eu a fazia subir e descer e ao mesmo tempo girar a pélvis. Finalmente, com um gemido, ela desabou sobre mim com todo o seu peso; virei-a de lado e de costas, puxei suas pernas sobre meus ombros e meti fundo com toda a força. Achei que nunca ia parar de gozar; a porra saía num jorro contínuo, como se de uma mangueira regando um jardim. Quando tirei, o caralho parecia estar com uma ereção ainda maior do que quando entrara nela.

— *Ça c'est quelque chose* — falou, colocando a mão em volta do meu pau e avaliando-o com os dedos. — Sabe como fazer a coisa, não é?

Levantamos, nos lavamos e nos arrastamos de volta para a cama. Reclinado sobre um cotovelo, eu percorri seu corpo de cima a baixo com minha mão. Seus olhos brilhavam enquanto se deixava ficar deitada, totalmente relaxada, as pernas abertas, a carne vibrando. Nada foi dito durante vários minutos. Acendi um cigarro para ela, coloquei em sua boca e afundei-me na cama, olhando contente para o teto.

— Vamos voltar a nos encontrar? — perguntei, depois de algum tempo.

— Depende só de você — disse ela, tragando fundo. Virou-se, apagou o cigarro e, aproximando-se, olhando fixa e seriamente para mim, disse em sua voz grave e gorjeante: — Ouça, preciso falar sério com você. Gostaria de lhe pedir um grande favor... Estou encrencada, numa grande encrenca. Me ajudaria se eu lhe pedisse?

— Claro — falei —, mas como?

— Estou falando de dinheiro — disse ela, calma e simplesmente. — Preciso de uma grande quantia... *preciso* mesmo. Não vou explicar por quê. Só peço para que acredite em mim.

Debrucei-me e puxei as calças que estavam sobre a cadeira. Peguei as notas e todas as moedas que estavam no meu bolso e dei a ela.

— Estou lhe dando tudo o que tenho. É o máximo que posso fazer.

Ela colocou o dinheiro sobre a mesinha de cabeceira sem olhar para ele e, debruçando-se, beijou minha testa.

— Você é um anjo — disse. Ficou inclinada sobre mim, fitando-me bem nos olhos com uma gratidão muda e estrangulada, beijou-me então na boca, não com paixão, mas lenta e demoradamente, como se para transmitir o afeto que não conseguia colocar em palavras e que era delicada demais para transmitir oferecendo seu corpo.

— Não consigo dizer nada agora — falou, caindo de novo sobre o travesseiro. — *Je suis émue, c'est tout.* Então, depois de uma breve pausa, acrescentou: — É estranho como nossos compatriotas nunca são tão bons quanto um estrangeiro. Vocês, americanos, são muito bondosos, muito gentis. Temos muito a aprender com vocês.

Era uma canção tão velha para mim que quase me envergonhava por ter posado uma vez mais como o americano generoso. Expliquei-lhe que era apenas um acidente o fato de ter tanto dinheiro no bolso. Ela replicou que isto fazia ainda mais maravilhoso o meu gesto.

— Um francês o esconderia — disse. — Nunca daria o dinheiro à primeira garota que encontrasse só porque ela precisava de ajuda. Não acreditaria nela, em primeiro lugar. "*Je connais la chanson*", ele diria.

Não falei mais nada. Era verdade e não era. É preciso todo tipo de gente para fazer o mundo girar e, embora até aquela época jamais tivesse encontrado um francês generoso, acreditava que ele existisse. Se lhe dissesse como meus amigos não tinham sido nada generosos, meus compatriotas, ela jamais teria acreditado em mim. E se tivesse acrescentado que não fora a generosidade que me levara, mas a autocomiseração, a me doar a mim mesmo (porque ninguém poderia ser tão generoso para mim quanto eu próprio), ela provavelmente me teria achado ligeiramente maluco.

Aninhei-me nela e enterrei a cabeça no seu colo. Deslizei a cabeça para baixo e lambi o seu umbigo. Desci mais um pouco, beijando o denso matagal de pentelhos. Ela puxou minha cabeça para cima devagar e, puxando-me para ela, enterrou sua língua na minha boca. Meu pau endureceu instantaneamente; enfiei nela tão naturalmente como uma locomotiva entra numa agulha de desvio. Tive uma daquelas ereções demoradas e persistentes que deixam uma mulher maluca. Manipulei o seu corpo à vontade, ora por cima, ora por baixo dela, de lado, tirando o pau lentamente, torturando-a, massageando os lábios da sua vulva com a ponta áspera do meu caralho. Finalmente tirei o pau todo e o esfreguei em volta dos seus seios. Ela olhou para ele com espanto.

— Você gozou? — perguntou ela.

— Não — respondi. — Vamos tentar algo diferente agora. E a arrastei para fora da cama e a coloquei em posição para uma correta e completa enrabada. Ela estendeu a mão por baixo de suas pernas e o enfiou para mim, mexendo o traseiro convidativamente enquanto fazia isto. Agarrando-a com firmeza pela cintura, enfiei o pau até suas entranhas.

— Oh, oh, isto é maravilhoso, é *maravilhoso* — ela gemia, mexendo a bunda com um requebrado frenético. Tirei o pau de novo para dar uma arejada, esfregando-o brincalhonamente em suas nádegas. — Não, não — ela implorou —, não faça isto. Meta de novo, meta até o fundo… não aguento mais.

De novo, ela pegou o caralho e enfiou para mim, inclinando-se ainda mais e empurrando a bunda para cima como se para agarrar o candelabro. Eu podia sentir o prazer vindo de novo, do meio da minha espinha; dobrei os joelhos ligeiramente e enfiei o caralho mais um pouco. E, então, bum!, explodiu como um rojão.

Já era hora do jantar quando nos despedimos na rua diante de um mictório público. Eu não tinha marcado nenhum encontro ao certo com ela, nem perguntado o seu endereço. Ficou entendido tacitamente que o local para encontrá-la era o café. Estávamos nos separando quando me ocorreu subitamente que nem chegara a lhe perguntar o nome. Chamei-a de volta e perguntei — não o nome completo, mas o nome de batismo apenas.

— N-Y-S — soletrou. — Como a cidade, Nice.

Segui em frente, repetindo o seu nome para mim mesmo, sem parar. Nunca ouvira falar de uma garota com um nome daqueles. Soava como o nome de uma pedra preciosa.

Quando cheguei à Place Clichy me dei conta de que estava morrendo de fome. Parei diante de um restaurante de peixes na Avenue de Clichy, estudando o menu exposto do lado de fora. Tive vontade de comer mexilhões, lagostas, ostras, *escargots*, uma enchova grelhada, uma omelete de tomate, uns aspargos tenros, um queijo picante, pão, uma garrafa de vinho gelado, figos e nozes. Apalpei o bolso, como sempre faço antes de entrar num restaurante, e não encontrei nem uma moedinha.

— Merda — falei comigo mesmo —, ela podia ao menos ter-me deixado alguns francos.

Parti num passo rápido para ver se havia alguma coisa na despensa lá de casa. Era uma boa meia hora de caminhada até onde morávamos, em Clichy, além dos portões da cidade. Carl já teria jantado, mas talvez houvesse uma fatia de pão e um pouco de vinho sobre a mesa. Fui andando cada vez mais rápido, a fome aumentando a cada passo que eu dava.

Quando irrompi na cozinha, vi num relance que ele não tinha comido. Procurei por toda parte e não encontrei nem uma migalha. Não havia nem garrafas vazias para vender o casco. Comecei a ficar frenético. Corri para a rua, decidido a pedir fiado no pequeno restaurante perto da Place Clichy onde eu frequentemente comia. Mas, ao chegar diante do restaurante, perdi a coragem e recuei. Comecei a caminhar a esmo, esperando que por algum milagre eu topasse com algum conhecido. Andei durante uma hora ou mais, até que fiquei tão exausto que decidi voltar para casa e ir para a cama. No meio do caminho, pensei num amigo, um russo, que morava perto do bulevar. Fazia séculos que o vira pela última vez. Como podia entrar em sua casa naquela condição e pedir uma esmola? Então, uma ideia brilhante me ocorreu: iria para casa, pegaria os discos e os daria de presente a ele. Daquele jeito seria mais fácil, depois de algumas preliminares, sugerir um sanduíche ou um pedaço de bolo. Apertei o passo, embora morto de cansaço e me arrastando.

Quando voltei para casa, vi que era quase meia-noite. Aquilo me arrasou completamente. Era inútil correr mais atrás de comida; eu iria para a cama e esperaria que algo aparecesse de manhã. Enquanto tirava a roupa tive outra ideia, desta vez não tão brilhante, mas ainda assim… Fui até a pia e abri o pequeno armário onde ficava a lata de lixo. Tirei a tampa e olhei lá dentro. Havia alguns ossos e um pedaço duro de pão no fundo. Pesquei a fatia de pão, limpei as partes contaminadas de modo a desperdiçar o menos possível, e molhei-a debaixo da torneira. Então mordi lentamente, extraindo o máximo de cada naco. Ao engolir aquilo um sorriso se espalhou por meu rosto, um sorriso cada vez mais aberto. Amanhã, pensei comigo mesmo, vou voltar à loja e oferecer os livros pela metade do preço, ou por um terço, ou por um quarto. O mesmo com relação aos discos. Devia conseguir uns dez francos, pelo menos. Daria para um bom café da manhã reforçado e então… Bem, depois daquilo qualquer coisa poderia acontecer. Vamos ver… Sorri um pouco mais, como que para um estômago cheio. Estava começando a me sentir de excelente humor. Aquela Nys, provavelmente, devia ter tido uma refeição formidável. Provavelmente com o seu amante. Eu não tinha a menor dúvida de que tinha um amante. Seu grande problema, seu dilema, sem dúvida, era como alimentá-lo adequadamente, comprar-lhe as roupas e as pequeninas coisas que ele cobiçava. Bem, tinha sido uma foda de rei e eu me fodi com ela. Podia vê-la erguendo o guardanapo aos lábios cheios e maduros para enxugar o molho da galinha tenra que havia pedido. Pensei no seu gosto por vinhos. Se pudéssemos ao menos ir até a região da Touraine! Mas para isso seria preciso muita grana. Eu nunca teria aquele dinheiro. Nunca. Mesmo assim, não era pecado sonhar. Bebi outro copo de água. Ao repor o copo, espiei um pedaço de Roquefort num canto do armário. Se houvesse apenas outra fatia de pão! Para me assegurar de que não deixei passar nada, abri a lata de lixo de novo. Alguns ossos jogados num resto de gordura mofado olharam para mim.

Eu queria outra fatia de pão e queria muito. Talvez pudesse tomar emprestado um pedaço de algum vizinho. Abri a porta e saí na ponta dos pés pelo corredor. Havia um silêncio sepulcral. Coloquei o ouvido junto a uma das portas e escutei. Uma criança tossia fracamente. Não dava. Mesmo que alguém estivesse acordado, não se fazia isto. Não na França. Quem já ouviu falar de um francês batendo na porta de um vizinho na calada da noite para pedir um pedaço de pão?

— Merda! — resmunguei comigo mesmo. — E pensar em todo o pão que joguei na lata do lixo!

Mordi o Roquefort carrancudo. Estava velho e azedo; desfazia-se como um pedaço de gesso embebido em urina. Aquela puta, Nys! Se pelo menos soubesse o seu endereço, iria implorar alguns francos a ela. Devia estar completamente maluco para não guardar alguns trocados para mim. Dar dinheiro a uma prostituta é como jogá-lo na sarjeta. Sua grande necessidade! Uma camisola extra, provavelmente, ou um par de meias de seda pura vislumbrado ao passar por uma vitrine.

Acabei ficando muito furioso. Tudo porque não havia uma fatia de pão sobrando na casa. Idiotice! Pura idiotice! No meu delírio comecei a pensar em *milk shakes* maltados e como, na América, havia sempre um copo extra à sua espera num liquidificador. Aquele copo extra era um suplício. Na

América havia sempre *mais* do que você precisava, nunca menos. Ao tirar minhas roupas, senti minhas costelas. Elas se projetavam para fora como os foles de um acordeão. Aquela putinha gorducha, Nys, seguramente não estava morrendo de desnutrição. Uma vez mais, merda! — e para a cama.

Mal tinha puxado as cobertas sobre mim quando comecei a rir de novo. Dessa vez era aterrorizante. Comecei a rir tão histericamente que não conseguia parar. Era como milhares de fogos de artifício estourando ao mesmo tempo. Não importava o que eu pensasse a respeito; mesmo se tentasse pensar em coisas tristes e até terríveis, a risada continuava. *Por causa de uma fatia de pão!* Aquela era a frase que se repetia intermitentemente e que me lançava em acessos renovados de riso.

Estava na cama havia apenas uma hora quando ouvi Carl abrindo a porta. Foi direto para o seu quarto e fechou a porta. Fiquei muito tentado a lhe pedir para sair e comprar um sanduíche para mim e uma garrafa de vinho. Tive então uma ideia melhor. Eu me levantaria cedo, enquanto ele ainda dormia fundo, e mexeria nos seus bolsos. Enquanto eu me revolvia na cama, ouvi-o abrir a porta do seu quarto e ir ao banheiro. Estava dando umas risadinhas abafadas e sussurrando — para alguma puta, com toda a probabilidade, que pegara a caminho de casa.

Ao sair do banheiro eu o chamei.

— Então, está acordado? — disse ele, exultante. — Qual é o problema, está doente?

Expliquei que estava faminto, horrivelmente faminto. Teria ele alguns trocados?

— Estou liso — falou. Disse aquilo com alegria, como se isso não tivesse nenhuma importância.

— Não tem pelo menos um franco? — perguntei.

— Não se preocupe com francos — disse ele, sentando-se na beira da cama com o ar de um homem que está para confiar uma notícia de extrema importância. — Temos coisas maiores a nos preocuparem agora. Trouxe uma garota para casa comigo — uma criança abandonada. Não deve ter mais do que quatorze anos. Acabei de dar uma foda com ela. Você me ouviu? Espero que não a tenha engravidado. Ela é virgem.

— Quer dizer que ela *era* virgem — falei.

— Escute, Joey — disse ele, abaixando a voz para se tornar mais convincente —, temos de fazer alguma coisa por ela. Não tem onde ficar... Fugiu de casa. Eu a encontrei perambulando por aí, em transe, faminta e um pouco demente, pensei no início. Não se preocupe, ela está bem. Não é muito esperta, mas é boa gente. Provavelmente de uma boa família. É apenas uma criança... você vai ver. Talvez eu me case com ela quando chegar à idade certa. Enfim, não tenho nenhum dinheiro. Gastei meu último centavo pagando uma refeição para ela. Pena que você não tenha jantado. Devia estar com a *gente*. Comemos ostras, lagosta, camarões... e um vinho maravilhoso. Um Chablis, safra do ano...

— Foda-se o ano! — gritei. — Não me conte o que comeu. Estou vazio como um saco. Agora temos três bocas a alimentar e nenhum dinheiro, nenhum vintém.

— Calma, Joey — disse ele, sorrindo —, você sabe que eu sempre guardo uns francos no bolso para uma emergência.

Enfiou a mão no bolso e puxou os trocados. Somavam três francos e sessenta ao todo.

— Isto vai lhe garantir um café da manhã. Amanhã é outro dia.

Naquele momento, a garota enfiou a cabeça pela porta. Carl deu um pulo e levou-a até a cama.

— Colette — disse ele quando estendi a mão para cumprimentá-la. — O que acha dela?

Antes que eu tivesse tempo de responder, a garota virou-se para ele e, quase assustada, perguntou que língua estávamos falando.

— Não sabe distinguir o inglês quando o ouve? — disse Carl, lançando-me um olhar que dizia: eu lhe falei que ela não era esperta.

Corada e confusa, a menina explicou rapidamente que no início parecia alemão, ou talvez belga.

— Não existe língua belga! — zombou Carl. E então para mim: — É um pouco idiota. Mas veja só aqueles seios! Bastante maduros para quatorze anos, não é? Jura que tem dezessete, mas não acredito nela.

Colette ficou ali parada, ouvindo aquela língua estranha, incapaz sequer de apreender o fato de que Carl não falava outra coisa senão francês. Finalmente ela perguntou se ele era realmente francês. Parecia muito importante para ela.

— Claro que sou francês — disse Carl alegremente. — Não é capaz de ver pela minha fala? Será que falo como um *boche*? Quer ver meu passaporte?

— Melhor não mostrar para ela — falei, lembrando que ele tinha um passaporte tcheco.

— Gostaria de dar uma olhada nos lençóis? — disse ele, colocando um braço ao redor da cintura de Colette. — Vamos ter de jogá-los fora, acho. Não posso levar à lavanderia; suspeitariam que eu havia cometido um crime.

— Veja se *ela* consegue lavar os lençóis — falei jocosamente.

— Há muita coisa que ela pode fazer por aqui se quiser cuidar da casa para nós.

— Então, você quer que ela fique? Sabe que é ilegal, não sabe? Podemos ir para a cadeia por isso.

— Melhor arranjar um pijama para ela ou uma camisola — falei —, porque se ela ficar andando por aí naquele seu quimono maluco posso me esquecer e estuprá-la.

Ele olhou para Colette e explodiu numa risada.

— O que foi? — ela exclamou. — Estão caçoando de mim? Por que seu amigo não fala francês?

— Você tem razão — eu disse. — A partir de agora vamos falar francês e só francês. *D'accord?*

Um sorriso infantil espalhou-se por seu rosto. Ela se debruçou e deu-me um beijo em cada face. Ao fazê-lo, seus seios saíram e roçaram o meu rosto. O pequeno quimono abriu-se até embaixo, revelando um corpo jovem deliciosamente cheio.

— Jesus, leve-a embora e deixe-a trancada no seu quarto — falei. — Não vou me responsabilizar pelo que acontecer se ela ficar rodando por aí nessa indumentária enquanto você estiver na rua.

Carl despachou-a para seu quarto e sentou-se de novo na beira da cama.

— Temos um problema em nossas mãos, Joey — começou —, e você precisa me ajudar. Não me importo com o que faça quando eu estiver fora. Não sou ciumento, você sabe disso. Mas não deve deixá-la cair nas mãos da polícia. Se a apanharem, vão mandá-la embora... E provavelmente nos mandam embora também. A questão é: o que dizer à senhoria? Não posso trancá-la como um cachorro. Talvez eu diga que é uma prima que está aqui de visita. De noite, quando eu for trabalhar, leve-a ao cinema. Ou leve-a para dar uma volta. Ela é fácil de agradar. Ensine geografia a ela ou qualquer outra coisa; ela não sabe nada. Vai ser bom para você, Joey. Vai melhorar o seu francês... E não trepe com ela, se puder evitar. Não tenho de onde tirar dinheiro para abortos neste momento. E não sei mais onde mora o meu médico húngaro.

Eu o escutei em silêncio. Carl tinha vocação para se meter em situações complicadas. O problema, ou talvez fosse uma virtude, é que ele era incapaz de dizer não. A maioria das pessoas diz "não" imediatamente, por um instinto cego de preservação. Carl sempre dizia "sim, claro, certamente". Comprometia-se para a vida toda no impulso de um momento, sabendo no fundo, suponho, que o mesmo instinto de preservação que fazia os outros dizerem "não" entraria em ação no momento crucial. Apesar de todos os seus impulsos calorosos e generosos, de sua instintiva bondade e ternura, era também o sujeito mais evasivo que já conheci. Ninguém, nenhum poder na Terra, era capaz de prendê-lo, a partir do momento em que decidia se libertar.

Era escorregadio como uma enguia, matreiro, engenhoso, absolutamente afoito. Flertava com o perigo, não por coragem, mas porque isso lhe dava a oportunidade de aguçar as suas habilidades, de praticar jiu-jítsu. Quando ficava bêbado, tornava-se imprudente e audacioso. Num rompante, era capaz de entrar numa delegacia de polícia e gritar *Merde!* a plenos pulmões. Se fosse detido, pediria desculpas, dizendo que devia estar temporariamente fora do juízo. E acabava se safando! Em geral, fazia esses truques tão rapidamente que, antes que os atônitos guardiães da paz pudessem voltar aos seus sentidos, ele estaria a um ou dois quarteirões de distância, sentado na varanda de um café, bebericando uma cerveja e parecendo inocente como um carneiro.

Num aperto, Carl sempre penhorava sua máquina de escrever. No começo, conseguia obter até quatrocentos francos por ela, o que não era uma soma pequena na época. Cuidava muito bem da sua máquina porque era frequentemente obrigado a tomar dinheiro emprestado empenhando-a como garantia. Guardo uma imagem muito vívida dele tirando a poeira e lubrificando a coisa toda vez que se sentava para escrever e cuidadosamente colocando a capa sobre ela quando terminava. Notei também que ficava secretamente aliviado toda vez que a botava no "prego": significava que ele podia declarar um feriado sem ter a consciência culpada. Mas quando havia gasto o dinheiro e só tinha tempo em suas mãos, tornava-se irritadiço; era nessas ocasiões, ele jurava, que sempre tinha suas ideias mais brilhantes. Se as ideias se tornavam realmente incandescentes e obsessivas, ele comprava um caderno de notas e saía para algum lugar para escrever à mão, usando a caneta Parker mais bonita que eu já vira. Nunca admitia para mim que estava fazendo notas às escondidas, só muito tempo depois. Não, ele voltava para casa amargo e descontente, dizendo que fora obrigado a jogar o dia fora. Se eu sugerisse que fosse ao escritório do jornal onde trabalhava na parte da noite e usasse uma de suas máquinas, ele inventava uma boa razão para explicar por que tal procedimento era impossível.

Menciono esta história da máquina e o fato de que nunca a tinha quando precisava dela porque era uma das suas maneiras de tornar as coisas difíceis para si mesmo. Era um artifício artístico que, apesar de todas as provas em contrário, sempre funcionava vantajosamente para ele. Se não fosse privado da máquina em intervalos regulares, ele teria secado e, por mero desânimo, ficaria improdutivo além da curva normal. Sua capacidade de permanecer debaixo da água, por assim dizer, era extraordinária. A maioria das pessoas, observando-o nessas condições submersas, geralmente o dava por perdido. Mas ele nunca corria o perigo de afundar para sempre; se dava aquela ilusão, era apenas porque tinha uma necessidade de simpatia e atenção acima do comum. Quando emergia, e começava a narrar suas experiências debaixo da água, era como uma revelação. Provava, mais do que tudo, que estivera bem vivo o tempo todo. E não só vivo, como também extremamente observador. Como se tivesse nadado igual a um peixe num aquário; como se tivesse visto tudo através de uma lente de aumento.

Era uma estranha figura, sob muitos aspectos. Alguém que era capaz, além do mais, de desmontar seus próprios sentimentos, como os mecanismos de um relógio suíço, e examiná-los.

Para um artista, situações adversas são tão férteis quanto situações favoráveis. Em vez de expandir o domínio da experiência, ele preferia salvaguardar seu crédito. Fazia isso reduzindo seu fluxo natural a um mero fio de água.

A vida constantemente nos fornece novos fundos, novos recursos, até mesmo quando estamos reduzidos à imobilidade. No livro contábil da vida não existem coisas tais como ativos congelados.

O que estou querendo dizer é que Carl, sem o saber, estava enganando a si mesmo. Sua índole era sempre de reter, em vez de oferecer. Assim, quando ele saía de sua concha, na vida ou com a caneta, suas aventuras assumiam uma qualidade alucinatória. As coisas que ele receava experimentar, ou expressar, eram as coisas com que era forçado a lidar no momento errado, vale dizer, quando menos se achava preparado. Sua audácia, em consequência, era fruto do desespero. Comportava-se às vezes como um rato encurralado, até mesmo no trabalho. As pessoas ficavam intrigadas querendo saber de onde tirava a coragem, ou a criatividade, para fazer ou dizer certas coisas. Esqueciam-se de que ele estava sempre naquele ponto além do qual o homem comum comete suicídio. Para Carl, o suicídio não oferecia nenhuma solução. Se pudesse morrer e escrever a respeito de sua morte, seria ótimo. Costumava dizer que não era capaz de se imaginar morrendo, exceção feita a alguma calamidade natural. Dizia isso não no espírito de um homem com uma superabundância de vitalidade; dizia como alguém que se recusava a desperdiçar sua energia, que nunca deixava o relógio atrasar.

Quando penso nesse período em que moramos juntos em Clichy, parece uma temporada no paraíso. Só havia um problema real, e ele era a comida. Todos os outros males eram imaginários. Eu dizia isto para ele vez por outra, quando se queixava de ser um escravo. Ele dizia que eu era um otimista incurável, mas não era otimismo, era a percepção profunda de que, mesmo quando o mundo estava ocupado em cavar sua própria sepultura, ainda havia tempo para gozar a vida, para ser alegre, despreocupado, para trabalhar ou não trabalhar.

Durou um bom ano, esse período, e nessa época escrevi *Primavera negra*, andei de bicicleta para cima e para baixo ao longo do Sena, fiz viagens ao Midi e à região dos Châteaux, e finalmente parti num louco piquenique com Carl até Luxemburgo.

Foi um período em que havia boceta no ar. As garotas inglesas no Cassino de Paris; elas comiam num restaurante *prix fixe* perto da Place Blanche. Travamos amizade com toda a trupe e acabamos fazendo par com uma bela garota escocesa e sua amiga do Ceilão, uma eurasiana. A escocesa acabou passando para Carl uma bela gonorreia, que tinha pegado do seu amante negro no Melody's Bar. Mas estou saltando à frente na minha história. Havia também a garota da chapelaria de uma pequena boate na Rue Fontaine, onde costumávamos ir na noite de folga de Carl. Era ninfomaníaca, muito alegre, muito modesta em suas exigências. Apresentou--nos a um bando de garotas que faziam ponto na boate e, quando não conseguiam pegar nada melhor do que nós, ficavam conosco por uns trocados no fim da noite. Uma delas sempre insistia em nos levar, os dois, para a sua casa — dizia que aquilo a excitava. Havia também a garota da *épicerie*, que fora abandonada pelo marido americano; gostava que a levassem ao cinema e depois à cama, onde ficava acordada a noite toda, falando um inglês estropiado. Não lhe importava qual de nós dois dormisse com ela, porque ambos falávamos inglês. E finalmente havia Jeanne, que fora chutada por meu amigo Fillmore. Jeanne aparecia nas horas mais estranhas do dia ou da noite, sempre carregada de garrafas de vinho branco, que bebia como um peixe para se consolar. Fazia tudo, menos ir para a cama conosco. Era um tipo histérico, alternando seu humor entre a extrema alegria e a mais negra melancolia. Bêbada, tornava-se lasciva e violenta. Você podia despi-la, acariciar sua xoxota, beliscar suas tetas, até mesmo a chupar, se desejasse, mas no momento em que aproximava a pica da sua boceta ela entrava em parafuso. Num momento, mordia você com paixão e puxava seu caralho com mãos fortes de camponesa; no minuto seguinte, se punha a chorar violentamente e o empurrava com os pés ou lhe dava uma saraivada de socos a esmo. Em geral, a casa ficava uma ruína depois que ela saía. Às vezes, em suas explosões de raiva precipitadas, saía correndo da casa seminua para voltar quase imediatamente, inibida como um gatinho e cheia de desculpas. Em tais momentos, se um de nós quisesse, podia dar uma boa foda com ela, mas nunca fazíamos isso.

— Fique com ela — posso ouvir Carl dizendo —, já estou farto dessa puta, ela é maluca.

Eu sentia o mesmo em relação a ela. Por amizade, lhe dava uma foda seca encostado no radiador do aquecimento, a enchia de conhaque e a mandava embora. Ela parecia extremamente agradecida, em tais momentos, por essas pequenas atenções. Como uma criança.

Havia outra, que conhecemos depois através de Jeanne, uma criatura de aparência inocente mas perigosa como uma víbora. Vestia-se de maneira bizarra, ridícula, posso acrescentar, graças à sua fixação em Pocahontas. Era parisiense e amante de um conhecido poeta surrealista, fato que ignorávamos na ocasião.

Pouco depois que a conhecemos, nós a encontramos uma noite caminhando pelas fortificações. Era uma coisa estranha para se fazer àquela hora da noite e até um pouco suspeita. Ela retribuiu nossa saudação como se num transe. Parecia lembrar nossos rostos, mas havia obviamente esquecido onde ou quando nos tínhamos encontrado. Nem parecia interessada em refrescar a memória. Aceitava nossa companhia como teria aceitado a companhia do primeiro que aparecesse. Não se esforçava para conversar; sua fala era mais um monólogo que havíamos interrompido.

Carl, que era chegado a essas coisas, cuidou dela à sua própria maneira esquizofrênica. Aos poucos, a trouxemos para dentro de casa e para nossos quartos — como se fosse uma sonâmbula. Nunca fez uma pergunta sobre aonde íamos, o que estávamos fazendo. Entrou e sentou-se no divã como se estivesse em casa. Pediu chá e um sanduíche, no mesmo tom de voz que podia ter usado ao se dirigir a um garçom num café. E no mesmo tom de voz nos perguntou quanto lhe daríamos para ficar conosco. Ao seu modo banal acrescentou que precisava de duzentos francos para pagar o aluguel, que vencia no dia seguinte. Duzentos francos era provavelmente uma grande quantia, observou, mas era a soma de que precisava. Falou como alguém refletindo sobre a condição da despensa: "Vamos ver, precisamos de ovos, manteiga, pão e talvez um pouco de geleia." Assim mesmo.

— Se quiserem que chupe vocês, ou se quiserem trepar de cachorrinho, seja lá o que quiserem, dá na mesma para mim — disse ela, bebericando seu chá como uma duquesa num bazar de caridade. — Meus seios ainda são duros e atraentes — continuou, abrindo a blusa e extraindo um deles. — Conheço homens que pagariam mil francos para dormir comigo, mas não posso me desgastar correndo atrás deles. Preciso de duzentos francos, nada mais, nada menos.

Fez uma pausa de um minuto para examinar um livro na mesa junto ao seu cotovelo e continuou na mesma voz monótona:

— Tenho alguns poemas também, que lhes mostrarei depois. Talvez sejam até melhores do que estes aqui — referindo-se ao volume que havia acabado de folhear.

A essa altura, Carl, que estava de pé junto à porta, começou a me fazer sinais numa linguagem de surdo-mudo, para me dar a entender que ela era louca. A garota, que estava remexendo na bolsa para puxar seus poemas, subitamente ergueu os olhos e, flagrando o ar embaraçado no rosto de Carl, comentou calma e sobriamente que ele estava maluco.

— Tem um bidê no banheiro? — perguntou no mesmo fôlego. — Há um poema que quero ler para vocês num momento; é sobre um sonho que tive outra noite.

Falando isso, ela se levantou e lentamente tirou a blusa e a saia.

— Diga ao seu amigo para se aprontar — falou, soltando os cabelos. — Vou para a cama primeiro com ele.

Diante disso Carl teve um sobressalto. Estava ficando cada vez mais assustado com ela e ao mesmo tempo convulsionado pelo riso contido.

— Espere um minuto — disse ele —, tome um pouco de vinho antes de se lavar. Vai lhe fazer bem.

Rapidamente apareceu com uma garrafa e serviu-lhe um copo. Ela o emborcou como se estivesse matando a sede com um copo de água.

— Tire meus sapatos e minhas meias — disse, encostando-se à parede e estendendo o copo para mais uma dose. — *Ce vin est une saloperie* — acrescentou em sua voz monocórdia —, mas estou acostumada com ele. Vocês têm duzentos francos, eu espero. Preciso exatamente desta quantia. Não cento e setenta e cinco ou cento e oitenta. Me dê sua mão... — e ela pegou a mão de Carl, que estava remexendo na sua liga, e colocou-a na sua boceta. — Existem tolos que ofereceram até cinco mil francos para tocar nisto. Os homens são estúpidos. Deixo você tocá-la de graça. Vamos, me dê outro copo de vinho. O gosto fica menos ruim quando você bebe bastante. *Que horas são?*

Assim que ela se trancou no banheiro, Carl se soltou. Riu como um doido. Assustado é o que estava.

— Não vou fazer isso — disse. — Ela poderia arrancar minha pica com uma mordida. Vamos tirá-la daqui. Vou lhe dar cinquenta francos e colocá-la num carro.

— Não acho que ela deixaria você fazer isso — falei, divertindo-me com o seu desconforto. — Ela fala sério. Além do mais, se for realmente maluca, vai se esquecer do dinheiro.

— É uma ideia, Joey — exclamou, entusiasmado. — Nunca pensei nisso. Você tem uma mente criminosa. Mas, por favor, não me deixe sozinho com ela, está bem? Pode ver a gente trepar... ela está se lixando. Ela treparia até com um cachorro, se lhe pedíssemos. É uma sonâmbula.

Vesti meu pijama e me enfiei na cama. Ela ficou um tempão no banheiro. Estávamos começando a nos preocupar.

— Melhor ver o que ela está fazendo — falei.

— Vá você — disse ele. — Tenho medo dela.

Levantei-me e bati na porta do banheiro.

— Entre — disse ela, na mesma voz baça e monótona.

Abri a porta e encontrei-a totalmente nua, de costas para mim. Com o seu batom, estava escrevendo um poema na parede.

Voltei para chamar Carl.

— Ela deve estar maluca — falei. — Está borrando as paredes com seus poemas.

Enquanto Carl lia seus versos em voz alta, tive uma ideia esperta. Ela queria duzentos francos. *Muito bem*. Eu não tinha nenhum dinheiro, mas suspeitava que Carl tivesse — ele tinha sido pago no dia anterior. Sabia que se espiasse no volume com a lombada *Fausto*, no seu quarto, encontraria duzentos ou trezentos francos em notas entre as páginas do livro. Carl ignorava o fato de que eu havia descoberto seu cofre secreto. Eu o encontrara por acaso um dia quando procurava um dicionário. Sabia que ele continuava a guardar uma pequena soma escondida em seu volume do *Fausto* porque fui lá várias vezes depois para verificar. Deixei-o passar fome comigo durante quase dois dias certa vez, sabendo o tempo todo que o dinheiro estava lá. Eu tinha uma curiosidade extrema em saber quanto tempo ele podia me enrolar.

Minha cabeça começou a trabalhar rapidamente. Eu levaria os dois até o meu quarto, extrairia o dinheiro do cofre, entregaria a ela e, na sua próxima viagem ao banheiro, tiraria o dinheiro de sua bolsa e o colocaria de volta no *Fausto*, de Goethe. Deixaria Carl dar-lhe os cinquenta francos de que estava falando; aquilo pagaria o táxi. Ela não iria procurar os duzentos francos antes da manhã seguinte; se fosse realmente maluca não sentiria falta do dinheiro e se não fosse maluca provavelmente diria a si mesma que tinha perdido o dinheiro no táxi. De qualquer maneira, deixaria a casa como havia entrado nela — num transe. Nunca iria parar para anotar o endereço ao sair, disso eu tinha certeza.

O plano funcionou admiravelmente, com exceção de que tivemos que dar uma trepada com ela antes de despachá--la. Tudo aconteceu inesperadamente. Eu lhe tinha dado os duzentos francos, para espanto de Carl, e o havia persuadido a desembolsar os cinquenta francos para um táxi. Ela se ocupava, enquanto isso, de escrever outro poema, a lápis, num pedaço de papel que arrancara de um livro. Eu estava sentado no divã e ela de pé diante de mim completamente nua, sua bunda encarando o meu rosto. Pensei em ver se ela continuaria escrevendo se eu enfiasse um dedo na sua racha. Fiz isso com muita suavidade, como que explorando as delicadas pétalas de uma rosa. Ela continuou escrevinhando, sem o menor murmúrio de aprovação ou desaprovação, simplesmente abrindo as pernas um pouco mais para a minha conveniência. Em um instante eu estava com uma tremenda ereção. Levantei-me e enfiei a pica nela. Ela se escarrapachou sobre a mesa, o lápis ainda na mão.

— Traga ela para cá — disse Carl, que estava na cama se contorcendo como uma enguia agora. Girei-a, enfiei o pau de frente e, alçando-a do chão, arrastei-a até a cama. Carl caiu sobre ela imediatamente, grunhindo como um porco selvagem. Deixei que ele gozasse à vontade e então enfiei de novo nela, por trás. Quando acabou, ela pediu mais vinho e, enquanto eu enchia seu copo, começou a rir. Era uma risada esquisita, como eu nunca tinha ouvido antes. Subitamente parou, pediu papel e lápis, e então alguma coisa para apoiar o papel. Sentou-se, colocou os pés sobre a beira da cama e começou a compor outro poema. Depois de escrever dois ou três versos, pediu o seu revólver.

— *Revólver?* — gritou Carl, saltando da cama como um coelho. — *Que revólver?*

— O que está na minha bolsa — respondeu ela calmamente.

— Estou com vontade de atirar em alguém agora. Vocês se divertiram por seus duzentos francos; agora é a minha vez.

Com isso, ela saltou para pegar a bolsa. Pulamos sobre ela e a jogamos no chão. Ela mordeu, arranhou e chutou com toda a sua força.

— Veja se tem um revólver na bolsa — disse Carl, imobilizando-a. Levantei-me num salto, agarrei a bolsa e vi que não havia nenhuma arma nela; ao mesmo tempo, tirei as duas notas e as escondi debaixo do peso de papel sobre a mesa.

— Jogue um pouco de água nela, *rápido* — disse Carl. — Acho que vai ter um ataque.

Corri até a pia, enchi uma jarra de água e joguei sobre ela. Arquejou, contorceu-se um pouco, como um peixe fora da água, sentou-se.

— *Ça y est, c'est bien assez... laissez-moi sortir* — disse, com um sorriso estranho

"Bom", pensei comigo mesmo, "finalmente nos livramos dela." Para Carl:

— Observe-a bem, vou pegar as suas coisas. Vamos ter de vesti-la e colocá-la num táxi.

Nós a secamos e vestimos da melhor maneira que podíamos. Eu tinha uma sensação inquieta de que ela começaria outra coisa de novo antes que pudéssemos tirá-la de casa. E se começasse a gritar na rua, só para infernizar a situação?

Nos vestimos em turnos, rapidamente, cada um vigiando-a como um gavião. Quando estávamos para sair, ela se lembrou do pedaço de papel que tinha deixado na mesa — o poema inacabado. Tateando à sua procura, seus olhos caíram sobre as notas enfiadas debaixo do peso de papel.

— Meu dinheiro! — gritou.

— Não seja boba — falei com calma, segurando-a pelo braço. — Você não acha que seríamos capazes de roubá-la, acha? O dinheiro está na sua bolsa.

Lançou-me um olhar rápido e penetrante e baixou os olhos.

— *Je vous demande pardon* — disse ela. — *Je suis très nerveuse ce soir.*

— Você é quem diz — falou Carl, comboiando-a até a porta. — Foi esperto, Joey — disse ele em inglês enquanto descíamos as escadas. — Onde mora? — perguntou Carl, ao chamar um táxi.

— Em lugar nenhum — respondeu. — Estou cansada. Diga a ele para me deixar num hotel, qualquer hotel.

Carl pareceu comovido.

— Quer que a gente vá com você? — perguntou.

— Não — disse ela. — Quero dormir.

— Vamos — falei, puxando-o para trás. — Ela vai ficar bem.

Bati a porta do táxi e dei um aceno de boa-noite. Carl ficou parado, olhando para o táxi que se afastava, meio atônito.

— O que é que há com você? Não está preocupado com ela, está? Se for louca, não vai precisar do dinheiro nem de um hotel.

— Eu sei, mas, de qualquer maneira… Escute, Joey, você é um filho da mãe com um coração de pedra. *E o dinheiro!* Jesus, nós fodemos ela, direitinho.

— Sim — falei —, a sorte foi que eu sabia onde você guardava a sua grana.

— Quer dizer que aquele era o *meu* dinheiro? — falou, subitamente se dando conta do que eu queria dizer.

— Sim, Joey, o eterno feminino sempre nos atrai. Um grande poema, *Fausto*.

Dito isto, ele foi até a parede, encostou-se nela e dobrou o corpo com uma risada histérica.

— Eu achava que era o espertalhão — disse ele —, mas sou apenas um noviço. Escute, amanhã vamos gastar aquele dinheiro. Vamos comer bem em algum lugar. Vou levá-lo a um restaurante de verdade, para variar.

— A propósito — comentei —, a poesia dela valia alguma coisa? Não tive nenhuma chance de estudá-la. Estou falando daqueles versos no banheiro.

— Havia um bom verso — disse ele. — O resto era lunatical.

— Lunatical? Não existe esta palavra.

— Bem, é o que era. Louco não dá para descrever. Você tem de inventar uma palavra nova. *Lunatical*. Gosto desta palavra. Vou usá-la… E agora vou lhe contar uma coisa, Joey. Está lembrado do revólver?

— Que revólver? Não *havia* nenhum revólver.

— Sim, havia — respondeu, dando-me um sorriso esquisito. — Eu o escondi na cesta de pão.

— Então você revistou a bolsa dela primeiro, não foi?

— Estava procurando uns trocados — disse ele, inclinando a cabeça, como se envergonhado daquilo.

— Não acredito nisso — falei. — Devia haver outro motivo.

— Você é muito esperto, Joey — replicou alegremente —, mas deixa passar uma coisa ou duas de vez em quando. Está lembrado quando ela se agachou para fazer xixi… lá nas fortificações? Deu-me sua bolsa para segurar. Senti alguma coisa dura dentro, algo parecido com uma arma. Não disse nada porque não queria assustá-lo. Mas quando começou a levá-la para casa, fiquei apavorado. Quando ela foi ao banheiro, abri a bolsa e achei a arma. Estava carregada. Aqui estão as balas, se não acredita em mim...

Olhei para as balas em completa estupefação. Um calafrio correu para cima e para baixo na minha espinha.

— Ela deve ser realmente louca — disse ele, dando um suspiro de alívio.

— Não — falou Carl —, não é nada louca. Está apenas fingindo. E seus poemas não são loucos também... são lunaticais. Pode ter sido hipnotizada. Alguém é capaz de tê-la feito dormir, colocou a arma na sua mão e disse para trazer de volta os duzentos francos.

— É uma coisa realmente maluca! — exclamei.

Ele não respondeu nada. Seguiu caminhando de cabeça baixa, silencioso por alguns minutos.

— O que me intriga — disse, erguendo o olhar — é isto: por que ela esqueceu o revólver tão rapidamente? E por que não procurou o dinheiro na bolsa quando você mentiu para ela? Acho que sabia que o revólver tinha sumido e o dinheiro também. Acho que ficou com medo de nós. E agora estou ficando apavorado de novo. Acho melhor passarmos a noite num hotel. Amanhã você viaja para algum lugar... Suma daqui por alguns dias.

Viramos sem outra palavra e começamos a caminhar rapidamente em direção a Montmartre. Estávamos tomados pelo pânico...

Esse pequeno incidente precipitou nossa fuga para Luxemburgo. Mas estou indo meses à frente em nossa história. Vamos voltar ao nosso *ménage à trois*.

Colette, a menina abandonada sem lar, logo se tornou uma combinação de Cinderela, concubina e cozinheira. Tivemos de lhe ensinar tudo, incluindo a arte de escovar os dentes. Ela estava naquela idade esquisita, sempre derrubando coisas, tropeçando, perdendo-se, e assim por diante. De vez em quando, desaparecia por dois dias seguidos. O que fazia nesses intervalos era impossível descobrir. Quanto mais a interrogávamos, mais obtusa e vaga ficava. Às vezes saía para uma caminhada de manhã e voltava à meia-noite com um gato vadio ou um filhote de cão que encontrara na rua. Certa vez a seguimos toda uma tarde, só para ver como passava o tempo. Era como seguir uma sonâmbula. Tudo o que ela fazia era perambular de uma rua para outra, a esmo, indiferente, parando para espiar as vitrines das lojas, descansar num banco, dar comida aos pássaros, comprar um pirulito, ficar imóvel de pé durante minutos intermináveis, como em transe, partindo de novo da mesma maneira sem rumo e apática. Nós a seguimos durante cinco horas para não descobrir nada além do fato de que tínhamos uma criança em nossas mãos.

Carl se comovia com sua pobreza de espírito. Estava também se desgastando com a pesada dieta sexual. E um pouco irritado porque ela consumia todo o seu tempo livre. Tinha desistido de toda ideia de escrever, primeiro porque a máquina estava no prego e, segundo, porque não tinha mais um só minuto para si mesmo. Colette, pobre alma, não tinha absolutamente nenhuma ideia do que fazer consigo. Era capaz de ficar deitada na cama a tarde inteira, fodendo sem parar, e estar pronta para mais quando Carl chegasse do trabalho. Carl geralmente chegava em casa às três da manhã. Muitas vezes não se levantava da cama antes das sete, a tempo de comer e sair correndo para o trabalho. Depois de uma maratona sexual, ele me implorava para dar umas bimbadas nela.

— Sequei de tanto foder — dizia ele. — A idiota, seu cérebro está todo na boceta.

Mas Colette não exercia nenhuma atração sobre mim. Eu estava apaixonado por Nys, que ainda frequentava o Café Wepler. Havíamos nos tornado bons amigos. Não havia mais dinheiro em jogo. Claro, eu lhe trazia alguns presentinhos, mas era diferente, de certa forma. De vez em quando, eu a convencia a tirar a tarde de folga. Íamos a pequenos recantos ao longo do Sena, ou pegávamos um trem até uma das florestas nos arredores de Paris, onde nos deitávamos na grama e fodíamos até não poder mais. Nunca fucei seu passado. Era sempre do futuro que falávamos. Pelo menos *ela* falava. Como muitas francesas, seu sonho era encontrar uma casinha no campo, de preferência, em algum lugar do Widi. Não ligava muito para Paris. Era insalubre, ela dizia.

— E o que você faria para passar o tempo? — perguntei certa vez.

— O que eu *faria*? — repetiu, atônita. — Eu não faria nada. Simplesmente viveria.

Que ideia! Que ideia saudável! Invejava sua fleuma, sua indolência, sua despreocupação. Eu insistia para que falasse detalhadamente sobre aquilo, sobre não fazer nada, quero dizer. Era um ideal com o qual eu nunca flertara. Para cumpri-lo, você devia ter uma mente vazia, ou então uma mente muito rica. Seria melhor, eu pensava, ter uma mente vazia.

Simplesmente ver Nys comer era inspirador. Ela sentia prazer em cada naco da comida, que selecionava com grande cuidado. Por cuidado não me refiro a qualquer preocupação com calorias e vitaminas. Não, era cuidadosa no sentido de escolher as coisas de que gostava e que combinavam com ela, porque lhe davam satisfação. Era capaz de arrastar a refeição interminavelmente, seu bom humor aumentando, sua indolência tornando-se cada vez mais sedutora, seu humor mais aguçado, mais vivo, mais brilhante. Uma boa refeição, uma boa conversa, uma boa foda — que maneira melhor de passar o dia? Não havia vermes devorando a sua consciência, preocupações que não pudesse jogar fora. Flutuar com a maré, era o que bastava. Não teria filhos, não faria nenhuma contribuição para o bem-estar da comunidade, não deixaria nenhuma marca sobre o mundo quando partisse. Mas, onde quer que fosse, tornaria a vida mais fácil, mais atraente, mais odorosa. E isto não é pouca coisa. Toda vez que a deixava eu tinha a sensação de um dia bem passado. Queria eu também poder levar a vida da mesma maneira descontraída e natural. Às vezes, desejava ser uma mulher como ela, possuindo nada mais do que uma boceta atraente. Como seria maravilhoso botar a boceta da gente para trabalhar e usar o cérebro apenas para o prazer! Apaixonar-se pela felicidade! Tornar-se tão inútil quanto possível! Criar uma consciência tão dura quanto a pele de um crocodilo! E, na velhice, não mais atraente, comprar uma foda, se necessário. Ou comprar um cachorro e treiná-lo para fazer o que era preciso. Morrer, quando a hora chegasse, nua e sozinha, sem culpa, sem arrependimento, sem remorso...

Era assim que eu sonhava depois de passar um dia com Nys ao ar livre.

Que prazer seria roubar uma grande soma de dinheiro e dar-lhe quando estivesse embarcando na sua viagem. Ou acompanhá-la até Orange, digamos, ou Avignon. Jogar fora um mês ou dois, como um vagabundo, aquecendo-me ao calor da sua indolência. Servi-la por todos os meios, só para apreciar o seu prazer de viver.

Nas noites em que não podia vê-la — quando estava ocupada — eu saía a caminhar pelas ruas sozinho, parando em pequenos bares nas ruas transversais, ou em tocas subterrâneas, onde outras garotas exerciam seu ofício de maneira estúpida e insensata. Às vezes, por puro tédio, eu saía com uma delas, embora aquilo me deixasse com gosto de cinza na boca.

Frequentemente, ao voltar para casa, Colette ainda estava zanzando naquele ridículo quimono japonês que Carl comprara num bazar. Nunca conseguíamos juntar dinheiro para lhe comprar um pijama. Geralmente eu a encontrava comendo alguma coisinha. Tentando se manter acordada, pobre garota, a fim de acolher Carl quando voltasse do trabalho. Eu me sentava e beliscava alguma coisa com ela. Conversávamos, de maneira desconexa. Ela nunca tinha nada a dizer que valesse a pena escutar. Não tinha aspirações, não tinha sonhos, não tinha desejos. Era alegre como uma vaca, obediente como uma escrava, atraente como uma boneca. Não era estúpida, era tapada. Tapada como uma besta. Nys, por outro lado, não deixava de ser inteligente. Preguiçosa, sim. Preguiçosa como o pecado. Tudo o que Nys falava era interessante, mesmo quando não se tratava de nada. Um dom que eu prezo muito acima da capacidade de falar com inteligência. Na verdade, sua conversa me parece de primeira ordem. Contribui para a vida, enquanto a outra conversa, o jargão cultivado, mina nossas forças, torna tudo estéril, fútil, sem sentido. Mas Colette, como eu dizia, só tinha a burrice de uma novilha. Quando você tocava nela, sentia uma carne fria, sem inspiração, como gelatina. Podia acariciar suas nádegas enquanto servia o seu café, mas era como apalpar uma maçaneta. Seu pudor era mais aquele de um animal do que o de um ser humano. Colocava a mão sobre a boceta como que para esconder algo feio, não algo perigoso. Escondia a boceta e deixava as tetas expostas. Se entrava no banheiro e me encontrava mijando, parava na porta e conversava comigo de um modo banal. Não a excitava ver um homem urinando; só se excitava quando você montava nela e mijava dentro dela.

Uma noite, chegando em casa bem tarde, descobri que havia esquecido minha chave. Bati com força, mas ninguém atendeu. Achei que ela talvez tivesse saído noutra de suas inocentes peregrinações. Não havia nada a fazer senão caminhar lentamente até Montmartre e pegar Carl a caminho de casa vindo do trabalho. A meio caminho da Place Clichy topei com ele; avisei que Colette talvez tivesse fugido. De volta a casa, encontramos todas as luzes acesas. Mas Colette não estava lá, nem tinha levado suas coisas. Parecia que tinha saído simplesmente para uma caminhada. Naquela manhã mesmo Carl dizia que se casaria com ela assim que atingisse a idade legal. Dei umas boas risadas de suas palhaçadas, ela pendurada na janela do quarto, ele na janela da cozinha, berrando para que todos os vizinhos pudessem ouvir:

— *Bonjour, Madame Oursel, comment ça va ce matin?*

Agora ele estava deprimido. Tinha certeza de que a polícia viera e a levara embora.

— Logo virão à *minha* procura — disse ele. — É o fim.

Decidimos sair, aproveitar a noite. Passava pouco das três horas da manhã. A Place Clichy estava morta a não ser por alguns bares que ficavam abertos a noite inteira. A prostituta da perna de pau ainda estava no seu posto em frente do Gaumont Palace; tinha sua própria clientela fiel que a mantinha ocupada. Comemos alguma coisa perto da Place Pigalle, em meio a um grupo de abutres da madrugada. Demos uma olhada na pequena boate onde trabalhava nossa amiga, a garota da chapelaria, mas estavam fechando. Subimos a colina em zigue-zague até o Sacré-Coeur. Ao pé da catedral, descansamos um pouco, olhando para o mar de luzes cintilantes. À noite, Paris ficava ampliada. A iluminação, mais suave vista de cima, diminui a crueldade e a sordidez das ruas. À noite, de Montmartre, Paris é verdadeiramente mágica; repousa no bojo de uma tigela como uma enorme joia estilhaçada.

Com a alvorada, Montmartre se torna adorável além de descrição. Um rubor rosado banha as paredes esbranquiçadas.

Os imensos reclames, pintados em brilhantes vermelhos e azuis nas paredes pálidas, destacam-se com um frescor quase voluptuoso. Contornando um lado da colina, encontramos um grupo de jovens freiras parecendo tão puras e virginais, tão profundamente descansadas, tão calmas e dignas que nos sentimos envergonhados. Um pouco adiante, trombamos com um rebanho de bodes precipitando-se desordenadamente ladeira abaixo; atrás deles, um cretino em pleno viço vinha descansadamente, soprando umas notas estranhas de vez em quando. Era uma atmosfera de extrema tranquilidade, de extrema paz; podia ter sido uma manhã do século quatorze.

Dormimos até quase a noite seguinte. Ainda nenhum sinal de Colette, ainda nenhuma visita da polícia. Na manhã seguinte, porém, por volta do meio-dia, houve uma batida ameaçadora na porta. Eu estava no meu quarto, escrevendo a máquina. Carl atendeu à porta. Ouvi a voz de Colette e depois a de um homem. E então ouvi também uma voz de mulher. Continuei datilografando. Escrevia o que me viesse à cabeça, só para fingir que estava ocupado.

Carl acabou aparecendo, com um ar arrasado e perturbado.

— Ela deixou seu relógio aqui? — perguntou. — Eles estão procurando o relógio.

— Quem são *eles*? — perguntei.

— A mãe dela está aqui... Não sei quem é o homem. Um detetive, talvez. Venha cá um minuto, vou apresentá-lo.

A mãe era uma criatura belíssima de meia-idade, bem-cuidada, quase com um ar distinto. O homem, vestido gravemente, parecia um advogado. Todo mundo falava em tons baixos, como se uma morte tivesse acabado de ocorrer.

Senti imediatamente que minha presença não era sem efeito.

— O senhor também é escritor? — foi o homem que falou.

Respondi polidamente que era.

— Escreve em francês? — perguntou ele.

Diante disso dei uma resposta cheia de tato e elogiosa, lamentando o fato de que, embora estivesse na França havia uns cinco ou seis anos e tivesse conhecimento da literatura francesa, chegando até a traduzi-la de vez em quando, minhas limitações nativas me impediam de dominar essa bela língua o suficiente para me expressar nela como desejava.

Eu tinha convocado todos os meus recursos para proferir esse palavreado de maneira eloquente e correta. Pareceu-me que atingiu plenamente o alvo. Quanto à mãe, estudava os títulos dos livros que estavam empilhados na mesa de trabalho de Carl. Impulsivamente, ela pegou um e entregou-o ao homem. Era o último volume da celebrada obra de Proust. O homem voltou os olhos do livro para estudar Carl com novos olhos. Havia uma deferência passageira e invejosa em sua expressão. Carl, um tanto embaraçado, explicou que trabalhava num ensaio destinado a mostrar a relação entre a metafísica de Proust e a tradição oculta, em particular a doutrina de Hermes Trismegisto, da qual ele estava enamorado.

— *Tiens, tiens* — disse o homem, erguendo uma sobrancelha significativamente e fixando em nós um olhar severo, mas não totalmente condenador. — Poderia fazer a gentileza de nos deixar a sós com seu amigo por alguns minutos? — indagou, virando-se para mim.

— Certamente — falei e voltei ao meu quarto, onde recomecei a datilografar a esmo.

Ficaram trancados no quarto de Carl por uma boa meia hora, me pareceu. Eu tinha escrito umas oito ou dez páginas de mera baboseira, que até o surrealista mais maluco acharia sem pé nem cabeça, quando vieram ao meu quarto se despedir. Eu disse adeus a Colette como se fosse uma pequena órfã que tivéssemos salvo e que estávamos agora devolvendo em segurança a seus pais perdidos. Perguntei se tinham achado o relógio. Não tinham, mas esperavam que *nós* o achássemos. Era uma pequena lembrança, explicaram.

Assim que a porta se fechou atrás deles, Carl correu ao meu quarto e me abraçou.

— Joey, acho que você salvou a minha vida. Ou talvez foi Proust. Aquele canalha de cara fechada ficou muito impressionado. *Literatura!* Uma coisa tão francesa. Até a polícia aqui se impressiona com a literatura. E o fato de você ser um escritor americano — um escritor famoso, eu disse — aumentou muito a nossa cotação. Sabe o que ele me disse quando você nos deixou a sós? Que era o guardião legal de Colette. A propósito, ela tem quinze anos, mas já fugiu de casa antes. Enfim, disse que seria uma sentença de dez anos se me levassem a julgamento. Perguntou-me se eu não sabia disso. Eu disse que sim. Acho que o que mais o surpreendeu foi descobrir que éramos escritores. Os franceses têm um grande respeito por escritores, você sabe disto. Um escritor nunca é um criminoso comum. Ele esperava encontrar uma dupla de apaches, eu acho. Ou chantagistas. Quando viu você, fraquejou. Perguntou-me depois que tipo de livros você escrevia e se algum deles tinha sido traduzido. Eu disse que você era um filósofo e que era meio difícil de ser traduzido...

— Foi fantástica aquela história que você contou a ele sobre Hermes Trismegisto — falei. — Como inventou aquilo?

— Não inventei — disse Carl. — Estava tão apavorado que falei o que me veio à cabeça... Aliás, outra coisa que o impressionou foi o *Fausto*... porque era em alemão. Havia alguns livros ingleses também, Lawrence, Blake, Shakespeare. Eu quase podia ouvi-lo dizendo para si mesmo: "Estes sujeitos não podem ser muito maus. A criança podia ter caído em piores mãos."

— Mas e o que a mãe tinha a dizer?

— A *mãe*! Você deu uma boa olhada nela? Não era só bonita, era divina. Joey, no momento em que botei os olhos nela eu me apaixonei. Ela quase não falou nada o tempo todo. No final disse para mim: "*Monsieur*, não vamos dar queixa contra o senhor sob a condição de que nos prometa nunca mais tentar ver Colette de novo. Estamos entendidos?" Mal ouvi o que ela disse, estava tão confuso. Corei e gaguejei como um menino. Se ela dissesse: "*Monsieur*, gostaria de vir conosco à delegacia de polícia?", eu teria dito: "*Oui, madame, à vos ordres.*" Ia beijar sua mão, mas achei que seria ir longe demais. Notou o perfume que ela usava? Era... — e ele mencionou uma *marque* com um número, como se eu devesse ficar impressionado. — Você não sabe nada de perfumes, esqueci. Ouça, só mulheres de classe usam perfumes como aquele. Podia ser uma duquesa, ou uma marquesa. Pena que eu não tivesse pegado a mãe. Aliás, isso vai dar um bom final para o meu livro, não?

Um final muito bom, pensei comigo mesmo. Na verdade, ele escreveu a história alguns meses depois e foi uma das melhores coisas que fez, especialmente a passagem sobre Proust e *Fausto*. O tempo todo que escrevia delirava pela mãe. Parecia ter-se esquecido completamente de Colette.

Bem, esse episódio mal havia terminado quando as garotas inglesas entraram em cena, e depois a garota da mercearia que estava louca para aprender inglês, e a seguir Jeanne, e nos intervalos a garota da chapelaria e de vez em quando uma rameira do beco atrás do Café Wepler — a ratoeira, como o chamávamos, porque entrar naquela pequena viela à noite a caminho de casa era como se jogar numa armadilha.

E depois veio a sonâmbula com o revólver que nos deixou em pânico durante alguns dias.

Uma manhã bem cedo, depois que passamos a noite sentados, emborcando um vinho argelino, Carl teve a ideia de tirarmos umas férias rápidas de alguns dias. Havia um grande mapa da Europa pendurado na minha parede que examinamos febrilmente para ver até onde podíamos ir com os fundos limitados à nossa disposição. Pensamos primeiro em ir até Bruxelas, mas refletimos um pouco e abandonamos a ideia. Os belgas eram desinteressantes, concordamos. Por quase a mesma despesa podíamos ir a Luxemburgo. Estávamos bastante bêbados e Luxemburgo parecia o lugar ideal para ir às seis horas da manhã. Não fizemos mala alguma; tudo o que precisávamos eram nossas escovas de dente, que esquecemos na correria para pegar o trem.

Poucas horas depois atravessávamos a fronteira e pisávamos no trem laqueado e acolchoado que nos levaria ao país de *opéra bouffe* que eu, pelo menos, estava ansioso para conhecer.

Chegamos por volta do meio-dia, sonolentos e atordoados. Encaramos um almoço pesado, regado ao vinho do país, e desabamos na cama. Por volta das seis da tarde, despertamos e saímos à rua. Era uma terra pacífica e despreocupada, com sons de música germânica por toda parte; os rostos dos habitantes estampavam uma espécie de contentamento bovino.

Não demorou para que ficássemos amigos de Branca de Neve, a atração principal de um cabaré perto da estação ferroviária. Branca de Neve tinha trinta e cinco anos, longos cabelos cor de linho e vivos olhos azuis. Estava ali havia apenas uma semana e já estava morrendo de tédio. Tomamos dois *highballs* com ela, valsamos algumas vezes, agradamos a orquestra com alguns drinques, uma despesa que acabou se resumindo numa soma fenomenalmente ridícula, e então a convidamos para jantar. Um bom jantar num bom hotel chegava a cerca de sete ou oito francos por cabeça. Branca de Neve, sendo suíça, era boba demais, ou correta demais, para pedir dinheiro. Só tinha um pensamento na cabeça — voltar ao trabalho na hora. Estava escuro quando deixamos o restaurante. Vagamos indistintamente até o limite da cidade e logo encontramos um barranco, onde fizemos com ela o que tínhamos de fazer. Ela aceitou tudo como um coquetel, implorando-nos para que a procurássemos mais tarde na noite; ia arranjar uma amiga que, imaginava, nós acharíamos atraente. Nós a escoltamos de volta ao cabaré e então saímos para explorar a cidade mais detalhadamente.

Num pequeno café, onde uma velha senhora tocava uma cítara, pedimos vinho. Era um local um tanto melancólico e logo estávamos morrendo de tédio. Quando íamos saindo, o proprietário aproximou-se e entregou-nos seu cartão, dizendo que esperava que voltássemos. Enquanto ele falava, Carl me passou o cartão e me deu um cutucão. Eu li. Dizia, em alemão: "Café isento de judeus." Se dissesse "Café isento de queijo de Limburgo", não me teria parecido mais absurdo. Rimos na cara do sujeito. Então lhe perguntei, em francês, se entendia inglês. Disse que sim. Diante do quê, eu falei:

— Deixe-me dizer-lhe uma coisa: embora não seja judeu, eu o tenho por um idiota. Não tem nada melhor para pensar? Está dormindo de pé... Está chafurdando na sua própria merda. *Entendeu isto?*

Ele olhou-nos atônito. Então Carl começou, num francês que teria sido digno de um apache:

— Escute, seu pedaço de queijo fedorento — falou. O homem começou a erguer a voz. — Cale essa matraca — disse Carl ameaçadoramente e fez um gesto como quem ia estrangular o velho idiota. — Vou lhe dizer duas palavras: *Você é um velho babaca. Você é um merda!*

Dito isto, foi tomado por um de seus acessos de riso apopléticos. Acho que o homem teve a impressão de que éramos loucos. Saímos de costas devagar, gargalhando histericamente e fazendo caretas para ele. O idiota era tão lento e ficou tão perplexo que tudo o que pôde fazer foi desabar numa cadeira e ficar enxugando a testa.

Pouco adiante na rua, encontramos um policial com ar sonolento. Carl dirigiu-se a ele respeitosamente, cumprimentou-o com um toque de chapéu e, num alemão impecável, disse que tínhamos acabado de deixar o Judenfreis Café, onde havia estourado uma briga. Insistiu para que ele se apressasse — e aqui baixou a voz — porque o proprietário tinha tido um acesso e era capaz de matar alguém. O policial agradeceu na sua maneira oficiosa e indolente e arrastou-se na direção do café. Na esquina, encontramos um táxi; pedimos que nos levasse a um grande hotel que havíamos visto mais cedo.

Ficamos em Luxemburgo três dias, comendo e bebendo à vontade, ouvindo as excelentes orquestras da Alemanha, observando a vida quieta e chata de um povo que não tem razão para existir, e que de fato não existe, exceto da maneira como vacas e carneiros existem. Branca de Neve nos havia apresentado à sua amiga, que era de Luxemburgo e cretina até a medula dos ossos. Falamos sobre fabricação de queijos, trabalhos de agulha, danças campestres, mineração de carvão, exportação e importação, a família real e os pequenos males que a acometiam de vez em quando, e assim por diante. Passamos um dia inteiramente no Vale dos Monges, no Pfaffenthal. Mil anos de paz pareciam reinar sobre esse vale sonolento. Era como um corredor que Deus havia traçado com o seu dedo mínimo, um lembrete aos homens de que sua sede insaciável de sangue fora aplacada; quando ficassem cansados da luta, ali encontrariam paz e repouso.

Para falar a verdade, era um mundo belo, organizado, próspero e descontraído, toda gente cheia de bom humor, caridosa, generosa, tolerante. No entanto, por alguma razão, havia um cheiro de podridão no lugar. O odor da estagnação.

A bondade dos habitantes, que era negativa, havia deteriorado sua fibra moral.

Tudo com o que se preocupavam era saber o que lhes convinha, como diz o ditado, saber de que lado do pão passavam a manteiga. Não sabiam fazer pão, mas sabiam passar a manteiga.

Senti-me totalmente enojado. Melhor morrer como um piolho em Paris do que viver aqui da gordura da terra, pensei comigo mesmo.

— Vamos voltar e pegar uma boa gonorreia — falei, despertando Carl de um estado de quase torpor.

— *O quê?* Do que está falando? — resmungou com a voz enrolada.

— Sim — disse eu —, vamos sair daqui, isto aqui fede. Luxemburgo é como o Brooklyn, só que mais encantador e mais venenoso. Vamos voltar a Clichy e sair para uma farra. Quero tirar o gosto disso da minha boca.

Era por volta da meia-noite quando chegamos a Paris. Corremos até a redação do jornal, onde nosso bom amigo King dirigia a coluna de turfe. Tomamos alguns francos emprestados dele e nos mandamos.

Eu estava com vontade de pegar a primeira puta que aparecesse. "Vou com ela, gonorreia ou não", pensei. "Que merda, uma gonorreia é alguma coisa, afinal. Aquelas bocetas de Luxemburgo estão cheias de creme de leite."

Carl não estava tão ansioso por pegar outra gonorreia. Seu caralho já estava formigando, me confiou. Tentava pensar em quem lhe teria passado essa, se é que era gonorreia, como desconfiava.

— Se você já pegou, não há problema em pegar de novo — comentei, animado. — Pegue uma dose dupla de gonorreia e a espalhe para o exterior. Infecte todo o continente! Melhor uma boa doença venérea do que uma paz e quietude moribunda. Agora eu sei o que torna o mundo civilizado: é o vício, a doença, a roubalheira, a mentira, a libertinagem. Merda, os franceses são um grande povo, mesmo se são sifilíticos. Nunca mais me peça para ir a um país neutro outra vez. Não me deixe mais olhar para vacas, humanas ou não.

Eu estava com tanto tesão que seria capaz de estuprar uma freira.

Foi com esse ânimo que entramos no pequeno salão de dançar onde nossa amiga, a chapeleira, fazia ponto. Passava pouco da meia-noite e tínhamos grana bastante para uma pequena farra. Havia três ou quatro prostitutas no bar e um ou dois bêbados, ingleses, é claro. Bonecas, muito provavelmente. Dançamos um pouco e as putas começaram a dar em cima de nós.

É impressionante o que se pode fazer em público num bar francês. Para uma *putain*, qualquer um que fale inglês, macho ou fêmea, é um degenerado. Uma garota francesa não se degrada exibindo-se para o estrangeiro, assim como um leão-marinho não se torna civilizado só por aprender alguns truques.

Adrienne, a garota da chapelaria, veio ao bar tomar um drinque. Sentou-se numa banqueta alta com as pernas bem abertas. Fiquei do lado dela com o braço ao redor de uma de suas amiguinhas. Então enfiei a mão por baixo do seu vestido. Brinquei um pouco com ela; aí ela desceu do seu poleiro e, colocando um dos braços em volta do meu pescoço, furtivamente abriu minha braguilha e fechou a mão em volta dos meus colhões. Os músicos estavam tocando uma valsa lenta, à meia-luz. Adrienne levou-me para o salão, minha braguilha escancarada, e, agarrando-me com força, me arrastou para o meio da pista, onde logo estávamos apertados como sardinhas. Mal podíamos sair do lugar, de tanta gente que havia. De novo, ela enfiou a mão na minha braguilha, tirou meu caralho e colocou-o contra a sua boceta. Era uma tortura. Para tornar a coisa ainda mais martirizante, uma de suas amiguinhas, que estava colada a nós, com o maior descaramento, pegou na minha pica. A essa altura eu não podia me aguentar mais — esporrei na sua mão.

Quando nos arrastamos de volta ao bar, Carl estava de pé num canto, agachado sobre uma garota que parecia estar descambando para o chão. O barman parecia aborrecido:

— Isto é um lugar para se beber, não é um puteiro — disse ele.

Carl ergueu o olhar, atordoado, o rosto coberto de batom, a gravata torta, o colete desabotoado, os cabelos caindo sobre os olhos.

— Elas não são putas — resmungou —, são ninfomaníacas.

Sentou-se na banqueta com a fralda da camisa para fora. A garota começou a abotoar a braguilha para ele. Subitamente ela mudou de ideia, abriu-a de novo e, tirando sua pica, debruçou-se e beijou-a. A coisa aparentemente estava indo longe demais. O gerente chegou para nos avisar que tínhamos que nos comportar, ou então ir embora. Não parecia zangado com as garotas; simplesmente ralhou com elas, como se fossem crianças rebeldes.

Decidimos sair, ali e agora, mas Adrienne insistiu para que esperássemos até a hora de fechar. Disse que queria ir para casa conosco.

Quando finalmente chamamos um táxi e nos amontoamos nele, descobrimos que éramos cinco. Carl queria jogar fora uma das garotas, mas não conseguia decidir qual delas. No caminho, paramos para comprar uns sanduíches, queijo e azeitonas, e algumas garrafas de vinho.

— Vão ficar desapontadas quando virem quanto dinheiro nos sobrou — disse Carl.

— Bom — falei —, talvez então todas nos abandonem. Estou cansado. Gostaria de tomar um banho e cair na cama.

Assim que chegamos, abri a torneira para o banho. As garotas estavam na cozinha pondo a mesa. Tinha acabado de entrar na banheira e começava a me ensaboar quando Adrienne e uma das garotas entraram no banheiro. Tinham decidido que tomariam um banho também. Adrienne rapidamente tirou a roupa e deslizou para dentro da banheira comigo. A outra garota também se despiu e ficou de pé ao lado da banheira. Adrienne e eu estávamos de frente um para o outro, nossas pernas entrelaçadas. A outra garota debruçou-se sobre a banheira e começou a brincar comigo. Deixei-me ficar deitado na luxuriosa água quente e permiti que ela girasse os dedos ensaboados em torno do meu pau. Adrienne acariciava sua boceta, como que dizendo: "Tudo bem, deixa ela brincar um pouco com aquela coisa, mas quando chegar a hora vou tirá-la da sua mão."

De repente, nós três estávamos na banheira, um sanduíche numa mão e um copo de vinho na outra. Carl tinha decidido fazer a barba. Sua garota sentou-se na beira do bidê, tagarelando e comendo seu sanduíche. Desapareceu por um momento para voltar com uma garrafa cheia de vinho tinto, que derramou sobre nossos pescoços. A água com sabão logo assumiu o matiz de permanganato.

A essa altura eu estava a fim de qualquer coisa. Sentindo vontade de urinar, comecei calmamente a fazer pipi. As garotas ficaram horrorizadas. Aparentemente, eu havia feito algo contra a ética. Subitamente ficaram desconfiadas de nós. Iríamos pagá-las? E quanto? Quando Carl, contente da vida, informou que tinha nove francos para distribuir entre elas, houve um tumulto. Decidiram então que estávamos brincando — outra piada perversa, como urinar na banheira. Mas não, insistimos que estávamos falando sério. Juraram que nunca haviam visto tal situação; era simplesmente incrível, monstruoso, desumano.

— São dois hunos desgraçados — disse uma das garotas.

— Não, *ingleses*. Ingleses degenerados — falou a outra.

Adrienne tentou amaciá-las. Disse que nos conhecia havia muito tempo e que sempre tínhamos nos comportado como cavalheiros com ela, uma declaração que soava um tanto estranha aos meus ouvidos, considerando a natureza de nossas relações. Mas a palavra cavalheiros nada mais queria dizer senão que havíamos pago em dinheiro vivo por seus pequenos serviços.

Ela tentava desesperadamente colocar a situação sob controle. Quase podia ouvi-la pensando.

— Não podiam dar-lhes um cheque? — implorou.

Diante disso, Carl explodiu numa gargalhada. Ele ia explicar que não tínhamos talões de cheques quando eu o interrompi, dizendo:

— Claro, é uma ideia... vamos dar a cada uma de vocês um cheque, está bem?

Sem outra palavra, fui até o quarto de Carl, peguei um velho talão dele e o passei a ele com a sua bela caneta Parker.

A essa altura, Carl demonstrou sua astúcia. Fingindo-se de zangado comigo porque eu descobrira seu talão de cheques e estava me metendo nos seus negócios, ele disse:

— É sempre assim — em francês, é claro, para que elas entendessem —, sou sempre eu quem paga por estas brincadeiras. Por que não dá seus próprios cheques?

Respondi, tão envergonhado quanto pude, que minha conta bancária estava a zero. Ainda assim ele mostrou resistência, ou fingiu mostrar.

— Por que não podem esperar até amanhã? — perguntou, virando-se para Adrienne. — Não são capazes de confiar em nós?

— Por que deveríamos confiar em vocês? — disse uma das garotas. — Um momento atrás, vocês fingiram que não tinham nada. Agora querem que a gente espere até amanhã. Não, nada disso, não aceitamos a coisa assim.

— Bem, então podem ir embora, vocês todas — disse Carl, jogando o talão de cheques no chão.

— Não seja tão mesquinho — gritou Adrienne. — Dê cem francos para cada uma de nós e não vamos falar mais nisso. *Por favor!*

— Cem francos para *cada uma*?

— Claro — disse ela. — Não é muito.

— Vá em frente — falei —, não seja tão sovina. Além do mais, vou lhe pagar a minha metade dentro de um ou dois dias.

— É o que você sempre diz — replicou Carl.

— Pare com a comédia — falei em inglês. — Preencha os cheques e vamos nos livrar delas.

— Livrar delas? Que é isso, depois de lhes dar os cheques você quer que eu as mande embora? Não, senhor. Vou ter tudo a que meu dinheiro me dá direito, mesmo que os cheques não sejam válidos. *Elas* não sabem disso. Se as deixarmos ir embora, vão achar que há algo errado. Ei, você aí! — gritou, acenando com um cheque para uma das garotas. — O que é que vou ganhar com isto? Quero alguma coisa diferente, não uma simples trepada.

Passou a distribuir os cheques. Parecia cômico estar passando cheques pelado. Mesmo que os cheques tivessem fundos, pareciam falsos. Talvez porque estivesse todo mundo nu. As garotas pareciam sentir o mesmo, que era uma transação sem valor. Com exceção de Adrienne, que acreditava em nós.

Eu estava rezando para que elas armassem uma confusão em vez de nos forçarem à rotina do sexo. Estava morto de cansaço. Arrasado. Teria que ser um grande desempenho da parte delas para chegar a me dar sequer uma aparência de ereção. Carl, por outro lado, se comportava como um homem que havia genuinamente investido trezentos francos. Queria algo em troca do seu dinheiro, e queria algo exótico.

Enquanto discutiam entre eles, fui para a cama: estava tão distanciado mentalmente da situação que caí num devaneio sobre a história que tinha começado dias atrás e que pretendia recomeçar a escrever ao acordar. Era sobre um assassinato a machadinha. Eu imaginava se deveria tentar comprimir a narrativa e me concentrar no assassino embriagado que eu havia deixado sentado ao lado do corpo decapitado da mulher que nunca amara. Talvez devesse pegar a descrição do crime pelo jornal, comprimi-la e começar minha própria narração do assassinato na altura, ou no momento, em que a cabeça rolou da mesa. Aquilo combinaria bem, achei, com a passagem sobre o homem sem braços e pernas que se locomovia numa prancha sobre rodinhas pelas ruas à noite, sua cabeça ao nível dos joelhos dos transeuntes. Queria um pouco de horror porque eu tinha uma maravilhosa cena burlesca guardada para usar como desfecho.

No breve intervalo de devaneio que me foi permitido, eu havia reconquistado a paz que fora rompida dias atrás pela chegada da nossa sonâmbula Pocahontas.

Um cutucão de Adrienne, que se havia enfiado a meu lado na cama, me despertou. Sussurrava algo no meu ouvido. De novo, algo sobre dinheiro. Eu lhe pedi para repetir e, a fim de não perder o pensamento que havia baixado sobre mim, continuava repetindo para mim mesmo: "Cabeças rolam da mesa — cabeças rolam... homem-tronco sobre rodas... rodas... pernas... milhões de pernas."

— Elas querem saber se vocês podiam arranjar um dinheiro para pegarem um táxi. Moram muito longe.

— Muito longe? — repeti, olhando vagamente para ela.

— Quanto é esse longe? (*Lembre-se* — rodas, pernas, cabeças rolam... começar no meio de uma frase.)

— Ménilmontant — disse Adrienne.

— Me traga lápis e papel, ali, na mesa — implorei.

— Ménilmontant... Ménilmontant... — repeti hipnoticamente, rabiscando algumas palavras-chave como rodas de borracha, cabeças de madeira, pernas de saca-rolhas, e assim por diante.

— Que está fazendo? — sibilou Adrienne, me cutucando violentamente. — O que está acontecendo com você? *Il est fou* — exclamou, levantando-se da cama e jogando as mãos ao alto em desespero. — *Où est l'autre?* — perguntou, procurando Carl. — *Mon Dieu* — eu a ouvi dizer, como se de longe — *il dort.*

Então, depois de uma longa pausa:

— Bem, isto já é demais. Venham, vamos embora daqui! Um deles está bêbado e o outro inspirado. Estamos perdendo tempo. É assim que os estrangeiros são... sempre pensando em outras coisas. Não querem fazer amor, querem ser titilados...

Titilados. Anotei aquilo também. Não me lembro o que ela falou em francês, mas, seja o que fosse, havia ressuscitado um amigo esquecido. *Titilados.* Era uma palavra que eu não usava havia séculos. Imediatamente pensei em outra palavra que só usava raramente: *metanoia.* Não estava mais seguro do que significava. E daí? Eu acabaria me lembrando de qualquer maneira. Havia uma porção de palavras que haviam caído fora do meu vocabulário, por morar no estrangeiro havia tanto tempo.

Fiquei deitado e as observei preparando-se para sair. Era como acompanhar uma interpretação no palco de um camarote. Sendo um paralítico, eu observava o espetáculo da minha cadeira de rodas. Se uma delas inventasse de me jogar uma jarra de água, eu não me mexeria. Simplesmente me enxugaria e sorriria — como se sorri para anjos brincalhões. (Existiam?) Tudo o que eu queria era que elas se fossem e me deixassem com o meu devaneio. Se tivesse moedas comigo, teria jogado nelas.

Depois de uma eternidade, elas partiram para a porta. Adrienne estava lançando um beijo de longe, um gesto tão irreal que fiquei fascinado pelo movimento do seu braço; eu o vi sumindo ao longo de um corredor onde foi finalmente sugado pela boca estreita de um funil, o braço ainda dobrado no pulso, mas tão diminuído, tão atenuado que finalmente parecia um fiapo de palha.

— *Salaud!* — gritou uma das meninas e, enquanto a porta batia com força, eu me vi respondendo:

— *Oui, c'est juste. Un salaud. Et vous, des salopes. Il n'y a que ça. N'y a que ça. Salaud, salope. La saloperia, quoi. C'est assoupissant.*

Arrematei com um "Que merda, de que porra estou falando?"

Rodas, pernas, cabeças rolando... Beleza. Amanhã será um dia como qualquer outro, apenas melhor, mais suculento, mais róseo. O homem-tronco vai rodar até o final de um píer. Em Canarsie. Vai voltar com um arenque na boca. Um arenque Maatjes, nada menos.

Faminto de novo. Levantei-me e procurei os restos de um sanduíche. Não havia uma migalha sobre a mesa. Fui até o banheiro, distraído, pensando em dar uma urinada. Havia algumas fatias de pão, alguns pedaços de queijo e algumas azeitonas machucadas por ali. Jogadas fora com nojo, evidentemente.

Peguei um pedaço de pão para ver se estava comível. Alguém tinha pisado nele com um pé raivoso. Havia um pouco de mostarda no pão. Seria mesmo mostarda? Melhor tentar outro pedaço. Resgatei uma fatia razoavelmente limpa, um tanto encharcada por ter ficado no chão molhado, e taquei um pedaço de queijo em cima dela. Numa garrafa do lado do bidê encontrei um pouco de vinho. Emborquei e depois mordi cautelosamente o pão. Nada mau. Ao contrário, estava gostoso. Os germes não molestam pessoas famintas ou inspiradas. Tudo besteira, essa preocupação com celofane e a mão de quem tocou por último. Para provar isso, limpei o rabo com a fatia. De leve, é claro. Então, engoli tudo. *Pronto!* O que há para lastimar? Procurei um cigarro. Havia só algumas guimbas. Escolhi a maior e a acendi. Aroma delicioso. Nada daquela serragem tostada da América! Tabaco de verdade. Um dos *Gauloises Bleues* de Carl, sem dúvida.

Vejamos, no que estava eu pensando?

Sentei-me à mesa da cozinha e coloquei os pés sobre ela. Vamos ver agora... O que era mesmo?

Não podia ver ou pensar coisa alguma. Sentia-me bem demais.

Por que pensar, afinal?

Sim, um grande dia. *Vários*, na verdade. Sim, apenas alguns dias atrás estávamos sentados aqui, pensando para onde iríamos. Podia ter sido ontem. Ou um ano atrás. Que diferença fazia? A gente vai em frente e então desaba. O tempo também desaba. Prostitutas desabam. Tudo desaba. Desaba numa gonorreia.

No peitoril da janela, um pássaro piava antes da hora. Sentindo-me bem, levemente sonolento, lembrei-me de quando estava sentado assim em Brooklyn Heights, anos atrás. Numa outra vida. Talvez nunca mais visse o Brooklyn de novo. Nem Canarsie, nem Shelter Island, nem Montauk Point, nem Secaucus, nem o lago Pocotopaug, nem o rio Neversink, nem vieiras e *bacon*, nem eglefins defumados, nem ostras da montanha. Estranho, como a gente pode passar por maus bocados e achar que está em casa. Até que alguém diz Minnehaha — ou Walla Walla. *Em casa.* O lar vale enquanto dura. Em outras palavras, onde você pendura o seu chapéu no cabide. Muito longe, ela dissera, referindo-se a Ménilmontant. Isso não é longe. A China, sim, fica realmente longe. Ou Moçambique. Maravilha, ficar eternamente a esmo. É insalubre, Paris. Talvez ela tivesse alguma razão. Tente Luxemburgo, querida. Que diabo, existem milhares de lugares; Bali, por exemplo. Ou as Carolinas. Loucura, essa coisa de pedir dinheiro o tempo todo. Dinheiro, dinheiro. A falta de dinheiro. Dinheiro a rodo. Sim, em algum lugar bem longe, distante de tudo. E sem livros, máquina de escrever, nada. Sem falar nada, sem fazer nada. Flutuar com a maré. Aquela puta, Nys. Nada mais do que uma boceta. *Que vida! Não se esqueça — titilados!*

Levantei o rabo, bocejei, me espreguicei, me arrastei para a cama.

Partindo como um raio. Para baixo, para baixo, para a cloaca cosmocêntrica. Leviatãs nadando em roda em profundezas estranhamente iluminadas pelo sol. A vida correndo como de costume por toda parte. Café da manhã às dez em ponto. Um homem sem braços nem pernas cuidando do bar com os dentes. Dinamite caindo através da estratosfera. Ligas descendo em longas e graciosas espirais. Uma mulher com um torso decapitado, tentando desesperadamente atarraxar sua cabeça cortada. Quer dinheiro por aquilo. Para quê? Ela não sabe *para quê*. Simplesmente quer dinheiro. Em cima de uma magnólia jaz um corpo fresco crivado de balas. Uma cruz de ferro pende do seu pescoço. Alguém está pedindo um sanduíche. A água está agitada demais para sanduíches. Procurem a letra S no dicionário!

Um sonho rico e fecundo, atravessado por uma luz azul mística. Eu havia mergulhado naquele nível perigoso em que, por mera felicidade e maravilha, a gente recai na vagueza. De algum modo onírico e indistinto, eu sabia que precisava fazer um esforço hercúleo. A luta para atingir a superfície era uma agonia, uma estranha agonia. De vez em quando, eu conseguia abrir os olhos: via o quarto através de uma névoa, mas meu corpo estava lá embaixo, nas difusas profundezas marinhas. Voltar num desmaio era voluptuoso. Caí direto no abismo sem fundo onde espreitava como um tubarão. E então, lentamente, muito lentamente, subi à tona. Era tantalizante. Como uma cortiça, sem barbatanas. Próximo da superfície, fui sugado de novo para baixo, puxado para o fundo, para o fundo, numa impotência deliciosa, sugado para o vórtice vazio, onde ficaria a esperar através de intermináveis passagens do tempo pela vontade de juntar forças e ascender como uma boia que havia afundado.

Acordei com o som dos passarinhos chilreando nos meus ouvidos. O quarto não estava mais velado por uma névoa aquosa, mas claro e reconhecível. Sobre a minha mesa havia dois pardais brigando por uma migalha de pão. Apoiei-me num cotovelo e os vi adejarem contra a janela, que estava fechada. Voaram até o corredor e voltaram, buscando freneticamente uma saída.

Levantei-me e abri a janela. Continuavam a voar pelo quarto, meio atordoados. Fiquei totalmente imóvel. Subitamente eles dardejaram através da janela aberta. "*Bonjour, Madame Oursel*", pipilaram.

Era meio-dia do terceiro ou quarto dia da primavera...

—Henry Miller.
Cidade de Nova York, junho de 1940.
Reescrito em Big Sur, maio de 1956.

Mara-Marignan

Foi perto do Café Marignan, na Champs-Élysées, que topei com ela.

Só recentemente eu me havia recuperado de uma separação de Mara-St. Louis. Este não era o seu nome, mas vamos chamá-la assim por enquanto, porque foi na ilha de St. Louis que nasceu e era lá que eu geralmente caminhava à noite, deixando a ferrugem me corroer.

Foi porque tive notícias dela havia poucos dias, depois de tê-la dado por perdida, que posso contar o que se segue. Só que agora, porque certas coisas se tornaram claras para mim pela primeira vez, a história ficou mais complicada.

Eu poderia dizer de passagem que minha vida parece ter sido uma longa busca por *esta* Mara que devoraria todas as outras e lhes daria realidade significante.

A Mara que precipitou os acontecimentos não foi nem a Mara da Champs-Élysées, nem a Mara da Île St. Louis. A Mara de que falo chama-se Eliane. Era casada com um homem que fora preso por passar dinheiro falsificado. Era também amante do meu amigo Carl, que no início se apaixonara perdidamente por ela e estava agora, nessa tarde de que falo, tão entediado com Eliane que não conseguia tolerar a ideia de ficar a sós com ela.

Eliane era jovem, esbelta, atraente, mas era liberalmente salpicada de sinais na pele e tinha um leve buço acima do lábio. Aos olhos do meu amigo, esses defeitos apenas realçavam sua beleza, mas, à medida que foi ficando cansado dela, sua presença o irritava e às vezes o levava a dizer gracejos cáusticos que a faziam estremecer. Quando chorava, ela se tornava, estranhamente, mais bonita do que nunca. Com o rosto banhado em lágrimas, parecia a mulher madura, não a criatura esguia e andrógina pela qual Carl tinha se apaixonado.

O marido de Eliane e Carl eram velhos amigos. Conheceram-se em Budapeste, onde ele tinha salvado Carl de morrer de fome e depois lhe dera o dinheiro para ir até Paris. A gratidão que Carl sentira pelo homem no começo logo se transformou em desprezo e ridículo quando descobriu como o sujeito era estúpido e insensível. Dez anos depois, encontraram-se por acaso numa rua de Paris. O convite para jantar, que se seguiu, Carl jamais teria aceitado não tivesse o marido exibido uma foto de sua jovem mulher. Carl ficou imediatamente apaixonado. Lembrava a ele, me informou, uma garota chamada Marcienne, sobre a qual estava escrevendo na época.

Lembro bem como a história de Marcienne floresceu à medida que seus encontros clandestinos com Eliane se tornaram cada vez mais frequentes. Ele só tinha visto Marcienne três ou quatro vezes depois do seu encontro na floresta de Marly, onde trombara com ela na companhia de um belo galgo. Menciono o cachorro porque, quando ele começou a se debater com a história, o cachorro tinha mais realidade (para mim) do que a mulher por quem ele estava supostamente apaixonado. Com a entrada de Eliane na sua vida, a figura de Marcienne começou a tomar forma e substância; emprestou até a Marcienne um dos sinais supérfluos de Eliane, aquele na nuca, que segundo ele o deixara particularmente inflamado toda vez que o beijava.

Por alguns meses, teve o prazer de beijar todos os sinais de pele maravilhosos de Eliane, inclusive aquele na perna esquerda, perto da virilha. Mas eles não o inflamavam mais. Havia terminado a história sobre Marcienne e, ao fazê-lo, sua paixão por Eliane tinha evaporado.

O toque final foi a prisão e condenação do marido. Enquanto o marido estava ao largo, havia pelo menos a excitação do perigo; agora, que ele estava seguro atrás das grades, Carl se via com uma amante que tinha dois filhos para sustentar e que naturalmente se voltava para ele como protetor e provedor. Carl não deixava de ser generoso, mas certamente não era um provedor. Era muito apegado a crianças também, devo dizer, mas não gostava de bancar o pai dos filhos de um homem que desprezava. Nestas circunstâncias, o melhor que podia tentar era procurar um emprego para Eliane, coisa que partiu para fazer. Quando estava liso, ia comer na casa dela. De vez em quando, queixava-se de que ela trabalhava demais, que estava arruinando sua beleza; secretamente, é claro, estava contente porque uma Eliane cheia de fadiga exigia menos do seu tempo.

No dia em que me persuadiu a acompanhá-lo estava genioso. Tinha recebido um telegrama dela naquela manhã, dizendo que estava livre durante o dia e que ele devia vir o mais cedo possível. Decidiu ir às quatro da tarde e sair comigo pouco depois do jantar. Eu devia inventar alguma desculpa que lhe permitisse sair sem criar uma cena.

Quando cheguei, verifiquei que havia três crianças em vez de duas — ele se esquecera de me dizer que tinha um bebê também. Um mero esquecimento, observou. Devo dizer que a atmosfera não era precisamente a de um ninho de amor. O carrinho do bebê estava encostado ao pé da escadaria no pátio encardido e o fedelho berrava com toda a força dos seus pulmões. Dentro, as roupas das crianças estavam penduradas para secar. As janelas estavam bem abertas e havia moscas por toda parte. O filho mais velho o chamava de papai, o que o irritava além de todos os limites. Numa voz ríspida, mandou Eliane despachar as crianças. Isto quase provocou uma explosão de lágrimas. Ele me lançou um daqueles olhares desamparados que dizia: "Já começou... como é que vou sobreviver a esta provação?" E então, em desespero, começou a fingir que estava alegre da vida, pedindo drinques, colocando as crianças nos joelhos, recitando poesia para elas, palmeando Eliane nas nádegas, seco e desinteressado, como se ela fosse um pernil que havia encomendado especialmente para a ocasião. Foi um pouco além, em sua alegria simulada: com um copo na mão, pediu a Elaine para se aproximar, primeiro dando-lhe um beijo no sinal favorito e depois, insistindo para que eu chegasse mais perto, colocou a mão dentro de sua blusa, fisgou uma de suas tetas e friamente me pediu que a apreciasse.

Eu havia presenciado essas interpretações antes — com outras mulheres pelas quais ele se apaixonara. Suas emoções geralmente passavam pelo mesmo ciclo: paixão, frieza, indiferença, tédio, escárnio, desdém, nojo. Eu sentia pena de Eliane. A presença das crianças, a pobreza, o trabalho pesado, a humilhação tornavam a situação longe de engraçada. Vendo que a galhofa saíra pela culatra, Carl subitamente se sentiu envergonhado. Depôs o copo e, com o ar de um cachorro surrado, abraçou-a e beijou-a na testa. Fez isso para indicar que ela ainda era um anjo, mesmo que seu traseiro fosse apetitoso e o seio esquerdo extremamente tentador. Então um sorriso bobo espalhou-se por seu rosto e ele se sentou no divã murmurando "É," como que dizendo: "É, as coisas são assim, é triste, mas o que se pode fazer?"

Para aliviar a tensão, ofereci-me para dar uma volta na rua com as crianças, o bebê do carrinho incluído. Imediatamente Carl ficou alarmado. Não queria que eu fosse dar uma volta. Os gestos e as caretas que fazia pelas costas de Eliane me davam a entender que não apreciava a ideia de desempenhar seus deveres amorosos naquele momento. Em voz alta, disse que *ele* levaria as crianças para tomarem ar; pelas costas dela, me dava a entender, com gestos de surdo-mudo, que queria que *eu* desse uma bimbada nela, Eliane. Mesmo que quisesse, eu não podia. Não desejava fazer aquilo. Além do mais, sentia-me mais inclinado a torturá-lo pelo modo grosseiro como a estava tratando. Enquanto isso, as crianças, tendo captado o teor da conversa e testemunhado o espetáculo surdo-mudo pelas costas da mãe, começaram a se comportar como que possuídas pelo demônio. Pediram, imploraram, depois berraram e bateram os pés com raiva incontrolável. O bebê do carrinho começou a chiar de novo, o papagaio arrumou uma algazarra, o cachorro passou a latir. Vendo que não conseguiam ter a vontade feita, os fedelhos começaram a imitar a gesticulação de Carl, que tinham estudado com divertimento e assombro. Seus gestos eram terrivelmente obscenos, e a pobre Eliane não sabia o que tinha dado neles.

A essa altura, Carl ficara histérico. Para espanto de Eliane, subitamente começou a repetir os gestos abertamente, dessa vez como se estivesse imitando as crianças. Não pude me controlar mais. Comecei a uivar de tanto rir, as crianças me acompanhando. Então, para silenciar as queixas de Eliane, Carl a jogou sobre o divã, fazendo as mais estranhas caretas para ela enquanto tagarelava como um macaco naquele dialeto austríaco que ela odiava. As crianças se amontoaram em cima dela, ganindo como galinhas-d'angola e fazendo gestos obscenos que ela não conseguia impedir porque Carl começara a fazer-lhe cócegas e a morder seu pescoço, suas pernas, seu traseiro, seus seios. Lá estava ela, a saia erguida até o pescoço, contorcendo-se, rindo como se fosse explodir, e ao mesmo tempo furiosa, quase possessa. Quando finalmente conseguiu se desvencilhar, irrompeu em soluços violentos. Carl, sentado ao seu lado, parecia aflito, atônito, e resmungava como antes: "É, é." Peguei calmamente as crianças pela mão e levei-as ao pátio, onde as distraí da melhor maneira que pude enquanto os dois amantes acertavam as coisas.

Quando voltei, vi que tinham ido para o quarto ao lado. Estavam tão quietos que pensei de início que tinham adormecido. Mas subitamente a porta se abriu e Carl enfiou a cabeça para fora, dando-me seu costumeiro sorriso de palhaço, que significava: "Está tudo bem, dei a ela o que estava precisando."

Eliane logo apareceu, corada e com uma aparência ardorosa e contente. Afundei-me no divã e brinquei com as crianças enquanto Carl e Eliane saíam para comprar comida para o jantar. Quando voltaram, estavam de excelente humor. Suspeitei que Carl, que ficava radiante à mera menção de comida, devia ter sido arrebatado por seu entusiasmo e prometera a Eliane coisas que não tinha a intenção de cumprir. Eliane era estranhamente ingênua; isto devia ser culpa dos sinais no corpo, um lembrete constante de que sua beleza não era impoluta. Fingir amá-la por causa de seus sinais, o que era sem dúvida a estratégia de Carl, a tornava irremediavelmente indefesa. De qualquer modo, ela estava ficando cada vez mais radiante. Tomamos outra dose de Amer Picon, uma além da conta para ela, e então, enquanto a tarde se apagava lentamente, começamos a cantar.

Quando estávamos neste ânimo, entoávamos sempre canções alemãs. Eliane cantava também, embora desprezasse a língua germânica. Carl era um sujeito diferente agora. Não mais em pânico. Tinha provavelmente dado uma boa trepada com ela, tomado três ou quatro *apéritifs* e estava com uma fome descomunal. Além do mais, a noite estava chegando e ele em breve estaria livre. Resumindo, o dia se desenrolava satisfatoriamente em todos os sentidos.

Quando Carl ficava jovial e expansivo, era irresistível. Falou com entusiasmo sobre o vinho que tinha comprado, um vinho muito caro, que, em tais ocasiões, sempre insistia que havia comprado especialmente para mim. Conversando sobre o vinho, ele começou a devorar o *hors d'oeuvre*. Aquilo o deixou mais sedento. Eliane tentou contê-lo, mas não havia como segurá-lo nessa hora. Pescou uma de suas tetas de novo, dessa vez sem protesto dela, e, depois de derramar um pouco de vinho sobre o mamilo, começou a chupar avidamente — para grande divertimento da criançada. Então, é claro, teve de me mostrar o sinal na perna esquerda dela, perto da virilha. Do jeito que as coisas iam, achei que os dois voltariam para o quarto, mas não, subitamente ele recolocou a teta dentro da blusa dela e sentou-se dizendo *"J'ai faim, j'ai faim, chérie"*, num tom que não diferia muito da sua costumeira fala: "Vamos foder, querida, não aguento mais um segundo!"

Durante a refeição, que estava excelente, abordamos alguns tópicos estranhos. Quando comia, especialmente se sentia prazer na comida, Carl sempre mantinha uma conversação errante que lhe permitia concentrar-se na comida e no vinho. A fim de evitar os perigos de uma discussão séria, que viesse a interferir em seus processos digestivos, ele emitia observações a esmo, de uma natureza que achava cabível e adequada ao acepipe, ou ao vinho que estava para emborcar. Nesta balada, falou que tinha acabado de conhecer uma garota — não tinha certeza se era puta ou não, mas e daí? — e estava pensando em me apresentar a ela. Antes que eu pudesse perguntar por quê, acrescentou:

— Ela é exatamente o seu tipo — e continuou: — Conheço o seu tipo — matraqueou, fazendo uma rápida alusão à Mara da Île de St. Louis. — Esta é muito melhor — acrescentou. — Vou arranjar as coisas para você...

Geralmente, quando dizia uma coisa dessas, não tinha ninguém em mente. Dizia isso porque a ideia de me apresentar a alguma beldade mítica tinha justamente despontado na sua cabeça. Também havia o fato de que ele nunca gostara do que chamava "meu tipo". Quando queria me alfinetar, insinuava que havia milhares desses tipos zanzando pela Europa Central e que só um americano acharia tal mulher atraente. Se quisesse ser ruim de verdade, injetava um pequeno sarcasmo do gênero:

— Esta não tem menos de trinta e cinco anos de idade, posso lhe garantir.

Às vezes, como na atual situação, eu fingia acreditar na história e o crivava de perguntas, que ele respondia leviana e vagamente. De vez em quando, porém, especialmente se eu o provocasse, enfeitava a história com detalhes tao convincentes que parecia acreditar em suas próprias mentiras. Em tais momentos, assumia uma expressão verdadeiramente demoníaca, inventando com uma rapidez de metralhadora as mais extraordinárias conversas e acontecimentos. A fim de não perder as rédeas, fazia frequentes ataques à garrafa, emborcando um copo alto como se não passasse de espuma, mas a cada virada de copo sua cabeça ficava mais vermelha, as veias sobressaindo em nós na testa, a voz tornando-se mais frenética, seus gestos mais incontroláveis, seus olhos penetrantes como se estivesse alucinado. Fazendo uma pausa brusca, olhava à sua volta com um ar perturbado, consultava o relógio num gesto dramático e, numa voz calma e trivial, dizia:

— Em dez minutos ela vai estar na esquina de tal e tal rua; usa um vestido suíço de bolinhas e leva uma bolsa de porco-espinho debaixo do braço. Se quiser conhecê-la, vá e verifique por si mesmo.

E com isso, num ar indiferente, mudava a conversa para um assunto remoto — *já que nos havia oferecido prova da verdade de suas palavras*. Geralmente, é claro, ninguém se abalava para verificar essas declarações assombrosas.

— Você tem medo — dizia. — Sabe que ela vai estar lá... — e com isso acrescentava outro detalhe marcante, casualmente, sempre numa voz banal, como se estivesse transmitindo uma mensagem do outro mundo.

Em previsões que eram mais imediatamente verificáveis, que não envolviam interromper uma boa refeição, ou uma noite de diversão, ele era em geral tão correto que, quando essas interpretações ocorriam, seus espectadores quase sempre sentiam uma espécie de calafrio percorrer a espinha. O que começava como algo apalhaçado e frívolo geralmente se transformava em algo horrendo e sinistro. Se a lua nova houvesse saído, e esses ataques frequentemente coincidiam com certas fases lunares, como tive oportunidade de observar, a noite se tornaria terrivelmente grotesca. Vislumbrar a lua inesperadamente era coisa que o deixava muito irritado.

— Lá está ela! — gritava, exatamente como se tivesse visto um fantasma. — É ruim, é ruim — resmungava repetidas vezes, esfregando as mãos freneticamente, caminhando para cima e para baixo no aposento, de cabeça baixa, a boca semiaberta, a língua se projetando como um pedaço de flanela vermelha.

Felizmente, naquela ocasião não havia lua ou, se houvesse, seus raios enlouquecedores ainda não haviam penetrado no pátio da pequena casa de Eliane. Sua exaltação não teve efeito maior do que lançá-lo numa longa história sobre o marido tolo de Eliane. Era uma história ridícula, totalmente verídica, como fiquei sabendo depois. Sobre um par de bassês que o marido enxergara com um olho cobiçoso. Ele os vira correndo à solta, o dono em nenhum lugar à vista, e, não satisfeito de passar notas falsificadas com sucesso, decidira sequestrar os cães e exigir um resgate por sua devolução. Quando atendeu à campainha da porta uma manhã e encontrou um detetive francês à sua espera, ficou pasmo. Tinha acabado de dar aos cães seu desjejum. Na verdade, ficara tão apegado a eles que se esquecera por completo do resgate que esperava conseguir. Pensou que golpe cruel da sorte era ir preso por estar sendo apenas bondoso com os animais... O caso lembrou a Carl outros incidentes que testemunhara quando morava com o homem em Budapeste. Eram incidentes tolos, ridículos, que só podiam ocorrer na vida de um débil mental, como Carl o apelidara.

Quando a refeição terminou, Carl se sentia tão bem que decidiu dar uma cochilada. Quando vi que tinha pegado no sono, cumprimentei Eliane e me mandei. Não tinha nenhum desejo particular de ir a lugar algum; passei pela Étoile, que ficava a apenas alguns quarteirões, e instintivamente me encaminhei à Champs-Élysées na direção das Tulherias, pensando em parar em algum lugar no meio do caminho para tomar um café preto. Sentia-me bem, expansivo e em paz com o mundo. O brilho e o frufru da Champs-Élysées contrastavam estranhamente com a atmosfera do pátio, onde o carrinho de bebê ainda se achava estacionado. Eu estava não só bem alimentado, bem lubrificado, mas bem-vestido e bem-tratado, para variar. Lembro que havia pago para engraxarem os meus sapatos no começo do dia.

Passeando ao longo do amplo bulevar, subitamente me recordei da minha primeira visita à Champs-Élysées uns cinco ou seis anos antes. Tinha ido ao cinema e, sentindo-me muito bem, parti para a Champs-Élysées a fim de tomar um drinque com calma antes de voltar para casa. Num pequeno bar numa das ruas transversais tomei vários drinques sozinho. Enquanto bebia, comecei a pensar num velho amigo meu do Brooklyn e como seria maravilhoso se ele estivesse comigo ali. Tive uma conversa e tanto com ele, na minha cabeça; na verdade, eu ainda falava com ele quando entrei na Champs-Élysées. Um tanto tocado e extremamente exaltado, fiquei aturdido quando vi todas aquelas árvores. Olhei ao meu redor meio perplexo e então segui em linha reta para as luzes do café. Ao me aproximar do Marignan, um prostituta atraente, viva, falante, insolente, agarrou o meu braço e começou a me acompanhar. Eu só conhecia umas dez palavras de francês na época e, com o fulgor das luzes, a profusão de árvores, a fragrância da primavera e o calor dentro de mim, estava completamente indefeso. Sabia que estava perdido. Sabia que ia ser depenado. Meio desajeitado, tentei dar um basta, procurei chegar a um entendimento com ela. Lembro que estávamos de pé bem defronte à varanda do Marignan, que estava agitada e cheia de gente. Lembro que ela ficou entre mim e a multidão, e, tagarelando sem parar e me desconcertando, desabotoou meu casaco e agarrou meu pau. Tudo isso fazendo os mais sugestivos trejeitos com os lábios. Qualquer resistência frouxa que eu tencionasse oferecer caiu por terra imediatamente. Em poucos minutos estávamos num quarto de hotel e, antes que eu pudesse dizer um ai, ela estava me chupando com uma técnica esmerada, tendo antes me despido de tudo exceto dos trocados no bolso do casaco.

Eu pensava nesse incidente e nas viagens ridículas ao Hospital Americano de Neuilly poucos dias depois (para curar um caso imaginário de sífilis), quando subitamente reparei numa garota à minha frente, virando-se para me encarar. Ficou parada à espera de que eu me aproximasse, como que absolutamente segura de que eu a pegaria pelo braço e continuaria descendo a avenida. E foi o que fiz. Acho que nem parei ao chegar a seu lado. Parecia a coisa mais natural do mundo dizer, em resposta ao costumeiro "Olá, está caminhando para onde?" — "Para lugar nenhum, vamos sentar em algum café e tomar um drinque."

Minha prontidão, meu sangue-frio, minha despreocupação, somados ao fato de que estava arrumado e bem-vestido, poderiam muito bem ter-lhe dado a impressão de que eu fosse um milionário americano. Ao nos aproximarmos das luzes cintilantes do café, notei que era o Marignan. Embora não houvesse mais nenhuma necessidade de sombra, os guarda-sóis estavam abertos sobre as mesas. A garota vestia roupas leves e usava em torno do pescoço o emblema típico da prostituta. O dela era um pedaço bolorento de pele, um tanto gasto e roído pelas traças, me pareceu. Não prestei muita atenção a outra coisa a não ser seus olhos, que eram da cor de avelã e extremamente bonitos. Lembravam-me de alguém, alguém por quem eu estivera apaixonado certa vez. Quem era, eu não conseguia me lembrar no momento.

Por algum motivo, Mara, como se chamava, estava louca para falar inglês. Era um inglês que tinha aprendido na Costa Rica, onde dirigira um clube noturno, foi o que me disse. Era a primeira vez, em todos os anos em que eu morava em Paris, que uma prostituta expressara o desejo de falar inglês. Ela o fazia aparentemente para se recordar dos bons tempos que tivera na Costa Rica, onde fora algo melhor do que uma prostituta. E havia outro motivo — o Sr. Winchell. O Sr. Winchell era um americano encantador, generoso, um *cavalheiro*, disse ela, que conhecera em Paris depois de voltar da Costa Rica sem um tostão e inconsolável. O Sr. Winchell pertencia a algum clube atlético em Nova York e, embora tivesse sua mulher a reboque, a tratara muito bem. Na verdade, como cavalheiro que era, o Sr. Winchell havia apresentado Mara à sua esposa e, juntos, os três tinham ido a Deauville para se divertir. Foi o que ela disse. Podia haver alguma verdade nisso, porque existem sujeitos como Winchell dando sopa por aí e, no seu entusiasmo, pegam um prostituta e a tratam como uma dama. E às vezes a pequena prostituta sabe ser realmente uma dama. Mas, como Mara dizia, esse Winchell era um príncipe — e sua mulher também não era má pessoa. Naturalmente, quando o Sr. Winchell propôs que os três fossem juntos para a cama, a esposa se zangou. Mas Mara não a culpava por isso.

— *Elle avait raison* — disse.

No entanto, o Sr. Winchell tinha ido embora e o cheque que deixara para Mara ao partir para a América fora consumido havia muito tempo. E fora consumido rapidamente porque, mal se foi o Sr. Winchell, apareceu Ramon. Ramon havia estado em Madri, tentando abrir um cabaré, mas a revolução estourou e Ramon teve de fugir e, naturalmente, quando voltou a Paris, estava completamente liso. Ramon era também um bom sujeito, segundo Mara. Confiava absolutamente nele. Mas tinha ido embora também. Ela não sabia ao certo para onde havia desaparecido. Estava certa, porém, de que ele a chamaria um dia. Estava absolutamente segura disso, embora não tivesse notícias dele havia mais de um ano.

Enquanto isso, o café estava sendo servido. Naquele inglês estranho que, graças à sua voz grave e rouca, à sua sinceridade patética, ao esforço óbvio para me agradar (talvez eu fosse outro Sr. Winchell?), me comovia muito. Houve uma pausa, uma pausa um tanto longa, durante a qual pensei nas palavras de Carl no jantar. Ela era sem dúvida o "meu tipo" e, embora ele não tivesse feito nenhuma profecia desta vez, ela era precisamente o tipo de criatura que ele poderia ter descrito para mim sob o impulso do momento enquanto puxava dramaticamente o relógio e dizia: "Em dez minutos ela vai estar na esquina de tal e tal rua."

— Que está fazendo em Paris? — ela perguntou, num esforço para entrar em terreno mais familiar. E, quando eu começava a responder, ela me interrompia para perguntar se eu não estava com fome. Eu lhe disse que tinha acabado de sair de uma refeição maravilhosa. Sugeri que tomássemos um licor e outro café. De repente notei que ela estava me olhando fixamente, quase de uma maneira constrangedora. Tive a impressão de que estava pensando no Sr. Winchell de novo, talvez me comparando ou identificando com ele, talvez agradecendo a Deus por ter-lhe mandado outro *cavalheiro* americano, e não um francês cabeça-dura. Parecia injusto deixar sua imaginação viajar nesta veia, se aquilo fosse realmente o que pensava. Assim, tão gentilmente quanto possível, eu a fiz saber que estava longe de ser um milionário.

A essa altura, ela se inclinou subitamente para perto de mim e confessou que estava faminta, muito faminta. Fiquei atônito. Já havia passado muito da hora do jantar e, além do mais, por estúpido que isto fosse, eu simplesmente nunca tinha pensado em uma prostituta da Champs-Élysées passando fome. Fiquei também um tanto envergonhado por ser tão insensível e não lhe perguntar se já havia comido.

— Por que não entramos? — sugeri, certo de que ela ficaria feliz em comer no Marignan.

A maioria das mulheres, se estivesse com fome, e particularmente com *muita* fome, teria aceitado a sugestão de imediato. Mas essa sacudiu a cabeça. Nem pensar em comer no Marignan — era caro demais. Mandei que esquecesse o que eu tinha dito um momento atrás, aquela história de que não era um milionário, mas ela foi inflexível. Preferia procurar um restaurantezinho barato, não importava onde — havia uma porção deles nas imediações, disse. Comentei que já passava da hora de fechamento da maioria dos restaurantes, mas insistiu em que procurássemos mesmo assim. E, então, como se tivesse esquecido completamente sua fome, aproximou-se, apertou minha mão com calor e começou a dizer que belo sujeito achava que eu era. Com isso, recomeçou toda a história de sua vida na Costa Rica e em outros lugares das Caraíbas, lugares onde eu não podia imaginar uma garota como ela morando. Afinal, tudo se resumia a isso, que ela não tinha vocação para ser uma puta e nunca seria. Se é que eu podia acreditar nela, estava extremamente cansada daquela vida.

— Você é o primeiro homem em muito tempo — continuou — que me tratou como um ser humano. Quero que saiba que é um privilégio simplesmente estar sentada aqui conversando com você.

A essa altura, sentiu uma pontada de fome e, tremendo um pouco, tentou enrolar melhor aquela pele maluca e estreita ao redor do pescoço. Seus braços estavam arrepiados e havia algo inadequado no seu sorriso, algo corajoso e despreocupado demais. Não queria detê-la nem mais um minuto além do necessário, mas, apesar da minha disposição de partir, ela continuou a falar — uma torrente de palavras compulsiva, histérica, que, embora nada tivesse a ver com a fome, me fazia pensar na comida de que ela necessitava e que, eu receava, acabaria passando por cima.

— O homem que me tiver levará ouro puro — subitamente a ouvi exclamar e então suas mãos estavam sobre a mesa, as palmas para cima. Implorou para que eu as estudasse. — Isto é o que a vida pode fazer com você! — murmurou.

— Mas você é bonita — falei, com calor e sinceridade. — Não me importo com suas mãos.

Ela insistiu em que não era bonita, acrescentando:

— Eu já fui bonita. Agora estou cansada, desgastada. Quero ir para longe de tudo isto. *Paris!* Parece bonita, não é? Mas cheira mal, posso lhe dizer. Sempre trabalhei pelo meu sustento... Olhe, olhe só as minhas mãos de novo! Mas *aqui*, aqui não lhe deixam trabalhar. Querem chupar todo o seu sangue. *Je suis française, moi, mais je n'aime pas mes compatriotes; ils sont durs, méchants, sans pitié pour nous.*

Interrompi-a delicadamente para lembrá-la de seu jantar. Não seria melhor irmos andando? Ela concordou de modo distraído, ainda ardendo de ressentimento contra seus empedernidos compatriotas. Mas não se mexeu. Em vez disso, examinou a varanda como que à procura de algo. Estava imaginando o que teria dado nela quando se levantou de repente e, debruçando-se, solícita, sobre mim, perguntou se eu me importaria em esperar alguns minutos. Tinha um encontro marcado, explicou apressadamente, com um velhote rico num café mais acima na avenida. Achava que ele não estaria mais lá, mas de qualquer maneira valia a pena investigar. Se estivesse, isso representava alguma grana. Sua ideia era um encontro rápido e voltar à minha companhia o mais cedo possível. Eu lhe disse para não se preocupar comigo.

— Fique o tempo que quiser e arranque o que puder do velho. Não tenho nada para fazer — acrescentei. — Vou ficar sentado aqui e esperar. Você vai jantar comigo, lembre-se disso.

Eu a vi subir a avenida e entrar no café. Duvidei que fosse voltar. *Velhote rico!* Mais provavelmente era seu gigolô que corria para amansar. Eu podia vê-lo dizendo que idiota ela era de aceitar um convite para jantar com um americano tolo. Compraria um sanduíche e uma cerveja para ela e a deixaria na rua de novo. Se ela protestasse, receberia um belo tapa na cara.

Para minha surpresa, ela estava de volta em menos de dez minutos. Parecia desapontada e não desapontada.

— É raro um homem cumprir a palavra — disse ela. Com exceção do Sr. Winchell, naturalmente. O Sr. Winchell era diferente. — Sempre cumpria a palavra. Até que partiu para a América.

O silêncio do Sr. Winchell a deixava genuinamente perplexa. Prometera escrever com regularidade, mas já fazia mais de três meses desde que se fora e não tinha recebido uma linha sequer dele. Remexeu na bolsa para ver se conseguia encontrar o cartão dele. Talvez se eu escrevesse uma carta para ela, no meu inglês, ele respondesse. O cartão aparentemente fora perdido. Mas ela se lembrava de que ele morava em algum clube atlético em Nova York. Sua mulher morava lá também. O garçom veio e ela pediu outro café preto. Eram onze horas ou mais, e eu começava a pensar onde, naquela hora, encontraríamos um restaurante aconchegante e barato do tipo que ela queria.

Eu ainda estava pensando no Sr. Winchell e em que estranho clube atlético deveria estar hospedado, quando a ouvi dizer, como se de uma longa distância:

— Escute aqui, não quero que gaste muito dinheiro comigo. Espero que *não* seja rico; não me importo com o seu dinheiro. Simplesmente conversar com você já me faz bem. Não sabe como é bom ser tratada como um ser humano! — e então começou tudo de novo, sobre a Costa Rica e os homens que a haviam possuído e como isso não tinha importância porque ela os tinha amado; sempre se lembrariam dela porque, quando se entregava a um homem, entregava-se de corpo e alma. Olhou de novo para as mãos, sorriu fracamente e apertou a pele viscosa ao redor do pescoço.

Não importa quanto daquilo fosse invenção, eu sabia que seus sentimentos eram honestos e verdadeiros. Pensando em tornar a situação um pouco mais fácil para ela, sugeri, talvez abruptamente demais, que ela aceitasse o dinheiro que eu tinha comigo e que nos despedíssemos ali e naquele momento. Estava tentando fazê-la saber que não queria ficar à sua volta e obrigá-la a se mostrar agradecida a mim por coisa tão pequena como uma refeição. Insinuei que talvez preferisse ficar só. Talvez ela devesse sair sozinha, embriagar-se e dar uma boa chorada. Falei tudo isso com tanta delicadeza e tanto tato quanto pude.

Mesmo assim, ela não fez nenhum esforço para ir embora. Havia um combate dentro dela. Tinha esquecido de que sentia frio e fome. Sem dúvida me identificara com outros homens que havia amado, aos quais se havia entregado de corpo e alma — e que sempre se lembrariam dela, conforme disse.

A situação estava ficando tão delicada que lhe implorei que falasse francês; não queria ouvi-la mutilar as coisas bonitas e ternas que estava dizendo ao traduzi-las para um grotesco inglês costa-riquenho.

— Vou lhe contar — ela desabafou —, se fosse outro homem que não você, eu já teria deixado de falar inglês há muito tempo. Falar inglês me deixa cansada. Às vezes, saio com um homem e ele não chega sequer a falar comigo. Não quer *me* conhecer, conhecer a *Mara*. Não liga para outra coisa além do meu corpo. O que posso dar a um homem desses? Pegue em mim, veja como estou quente... estou pegando fogo.

No táxi, a caminho da Avenue Wagram, ela pareceu desnorteada.

— Aonde está me levando? — perguntou, como se já estivéssemos numa parte desconhecida e remota da cidade.

— Ora, estamos perto da Avenue Wagram — falei. — O que é que há com você?

Ela olhou à sua volta, espantada, como se nunca tivesse ouvido falar em tal avenida. Então, vendo a expressão um tanto atônita no meu rosto, me puxou para si e mordeu-me a boca. Mordeu forte, como um animal. Eu a apertei e enfiei minha língua até a sua garganta. Minha mão estava sobre o seu joelho; levantei o seu vestido e enfiei a mão na carne quente. Ela começou a morder de novo, primeiro a boca, depois o pescoço, depois a orelha. Subitamente, desvencilhou ela do abraço.

— *Mon Dieu, attendez un peu, attendez, je vous en prie* — disse ela.

Já havíamos passado o lugar aonde pretendia levá-la. Inclinei-me para a frente e mandei o motorista voltar. Quando descemos do táxi, ela parecia atordoada. Era um café grande, do tipo do Marignan, e havia uma orquestra tocando. Tive de convencê-la a entrar.

Assim que escolheu a comida, desculpou-se e desceu à toalete para se ajeitar. Quando voltou, notei pela primeira vez como suas roupas eram andrajosas. Lamentei tê-la trazido a um lugar tão iluminado. Enquanto esperávamos pela costeleta de vitela que ela havia encomendado, puxou uma lixa comprida e começou a cuidar das unhas. O verniz se havia desgastado em algumas unhas, fazendo seus dedos parecerem ainda mais feios do que eram. A sopa chegou e ela deixou a lixa provisoriamente de lado. Colocou o pente ao lado da lixa. Passei manteiga numa fatia de pão e dei a ela, que corou. Sorveu a sopa às pressas e atacou o pão, engolindo grandes nacos com a cabeça abaixada, como se com vergonha de estar comendo com tanta voracidade. De súbito, ergueu os olhos e, pegando minha mão impulsivamente, disse, numa voz baixa e confidencial:

— Ouça, Mara nunca esquece. O modo como falou comigo esta noite… nunca vou esquecer isto. Foi melhor do que se me tivesse dado mil francos. Veja, não falamos sobre isto ainda, mas, se quisesse ficar comigo… quero dizer…

— Que tal se não falássemos sobre isto agora? — disse eu.

— Não estou dizendo que não *queira* ficar com você. Mas…

— Entendo — falou impetuosamente. — Não quero estragar o seu belo gesto. Entendo o que está querendo dizer, *mas*, em qualquer ocasião que queira ver Mara — e começou a remexer na bolsa —, quero dizer que não precisa nunca me *dar* nada. Podia me telefonar amanhã? Por que não me deixar levar *você* para jantar?

Ela ainda procurava um pedaço de papel. Recortei um pedaço do guardanapo de papel; ela escreveu seu nome e endereço num garrancho com um toco rombudo de lápis. Era um nome polonês. O nome da rua não reconheci.

— Fica no bairro de St. Paul — disse ela. — Por favor, não venha ao hotel — acrescentou —, só estou morando lá provisoriamente.

Olhei o nome da rua de novo. Achava que conhecia bem o bairro de St. Paul. Quanto mais olhava para o nome, mais ficava convencido de que não existia tal rua, nem em qualquer outra parte de Paris. No entanto, não é possível lembrar o nome de todas as ruas…

— Você é polonesa, então?

— Não, sou judia. Nasci na Polônia. De qualquer maneira, este não é o meu nome verdadeiro.

Não falei mais nada; o assunto morreu tão rápido como havia nascido.

À medida que a refeição progredia, dei-me conta da atenção de um homem à nossa frente. Era um francês idoso que parecia mergulhado no seu jornal; mas, de vez em quando, eu notava o seu olho enquanto espiava por cima do jornal para dar uma olhadela em Mara. Tinha um rosto bondoso e parecia bastante próspero. Senti que Mara já o havia observado.

Estava curioso para saber o que ela faria se eu me ausentasse por alguns momentos. Assim, depois que pedimos o café, me desculpei e desci até a toalete. Quando voltei, podia dizer pela maneira calma e relaxada como ela tragava o seu cigarro que as coisas tinham sido acertadas. O homem agora estava completamente absorto em seu jornal. Parecia haver um acordo tácito de que ele esperaria até que ela se livrasse de mim.

Quando o garçom se aproximou, perguntei as horas. "Quase uma hora", respondeu ele.

— É tarde, Mara, preciso ir andando — falei. Ela colocou sua mão sobre a minha e ergueu o olhar para mim com um sorriso sapiente.

— Não precisa fazer esse jogo comigo — disse ela. — Sei por que deixou a mesa. Realmente, você é tão generoso que não sei como lhe agradecer. Por favor, não saia correndo. Não é necessário, ele vai esperar. Eu lhe pedi para esperar... Ouça, deixe-me acompanhá-lo uma parte do caminho. Quero trocar mais algumas palavras com você antes de nos deixarmos, sim?

Caminhamos pela rua em silêncio.

— Não está zangado comigo? — perguntou ela, agarrando meu braço.

— Não, Mara. Não estou zangado. Claro que não.

— Está apaixonado por alguém? — perguntou, depois de uma pausa.

— Sim, Mara, estou.

Ela ficou em silêncio de novo. Caminhamos por outro quarteirão em eloquente silêncio e então, ao chegarmos a uma rua terrivelmente escura, ela apertou meu braço ainda com mais força e sussurrou...

— Venha por aqui.

Deixei que me conduzisse pela rua escura. Sua voz tornou-se mais rouca, as palavras jorrando da boca agitadamente. Não tenho a menor lembrança agora do que ela disse, nem acho que ela mesma sabia disso quando o dilúvio irrompeu dos seus lábios. Falou desabrida, freneticamente, contra uma fatalidade que era esmagadora. Quem quer que fosse, não tinha mais um nome. Era apenas uma mulher machucada, atormentada, uma criatura batendo suas asas com impotência no escuro. Não se dirigia a ninguém, menos ainda a *mim*; também não falava consigo mesma, nem com Deus. Era apenas uma ferida balbuciante que encontrara uma voz, e no escuro a ferida parecia abrir-se e criar um espaço ao redor de si em que podia sangrar sem vergonha ou humilhação. Enquanto isso, continuava agarrando meu braço, como se para verificar minha presença; apertava-o com os dedos fortes, como se o toque dos seus dedos transmitisse o sentido que suas palavras não continham mais.

No meio dessa falação sangrenta ela parou de chofre.

— Me abrace — implorou. — Me beije, me beije como fez no táxi.

Estávamos parados perto da porta de uma imensa mansão deserta. Encostei-a contra a parede e coloquei os braços em volta dela num abraço maluco. Senti seus dentes roçando contra minha orelha. Seus braços estavam fechados ao redor da minha cintura; puxou-me com toda a força que tinha. Apaixonadamente, murmurou:

— Mara sabe amar. Mara vai fazer qualquer coisa por você... *Embrassez-moi!... Plus fort, plus fort, chéri...*

Ficamos ali no vão da porta, agarrando um ao outro, gemendo, resmungando frases incoerentes. Alguém se aproximava com passos pesados e ameaçadores. Nos separamos e, sem uma palavra, apertei sua mão e me afastei. Depois de alguns metros, tocado pelo silêncio absoluto da rua, eu me virei. Lá estava ela, de pé onde a tinha deixado. Ficamos imóveis vários minutos, nos esforçando para enxergar na escuridão. Então, impulsivamente, voltei para ela.

— Escute, Mara — falei —, e supondo que ele não esteja lá?

— Oh, ele vai estar — respondeu, numa voz monótona.

— Ouça, Mara, é melhor você levar isto... Só por precaução — e puxei o conteúdo do meu bolso e enfiei na sua mão. Virei-me e parti rapidamente, lançando um ríspido *"au revoir"* por cima do ombro. Pronto, acabou, pensei comigo mesmo, e apressei o passo um pouco. No momento seguinte, ouvi alguém correndo atrás de mim. Virei-me para vê-la sobre mim, ofegante. Abraçou-me de novo, resmungando algumas palavras extravagantes de agradecimento. Subitamente senti seu corpo escorregar. Estava tentando ficar de joelhos. Puxei-a de modo brusco e, segurando-a pela cintura à distância dos braços, falei:

— Em nome de Cristo Todo-Poderoso, o que foi que deu em você? Nunca houve quem a tratasse de uma maneira decente? — perguntei quase com raiva.

No momento seguinte, eu podia ter mordido a língua. Ela ficou parada ali na rua escura com as mãos no rosto, a cabeça abaixada, soluçando convulsivamente. Tremia da cabeça aos pés. Quis envolvê-la em meus braços; queria dizer algo que a consolasse, mas não conseguia. Estava paralisado. De repente, como um cavalo assustado, dei um salto. Caminhei cada vez mais rápido, com seus soluços ainda ecoando em meus ouvidos. Segui em frente, rápido, cada vez mais rápido, como um antílope enlouquecido. Até que cheguei a uma fogueira de luzes.

"Ela vai estar na esquina de tal e tal rua em dez minutos; está usando um vestido suíço de bolinhas e leva uma bolsa de porco-espinho debaixo do braço..."

As palavras de Carl continuavam se repetindo no meu cérebro. Olhei para cima e lá estava a lua, não prateada, mas mercurial. Nadava num mar de gordura congelada. Rodando, rodando, rodando como se fossem imensos e aterrorizantes anéis de sangue. Fiquei petrificado. Estremeci. E então, sem nenhum aviso, como uma grande gota de sangue, um soluço terrível se fez ouvir. Chorei como uma criança.

Poucos dias depois, eu passeava pelo bairro judeu. Não havia nenhuma rua com o nome que ela me dera na área de St. Paul, nem em qualquer parte de Paris. Consultei a lista telefônica para verificar que havia vários hotéis com o nome que me tinha dado, mas nenhum deles nas vizinhanças de St. Paul. Não fiquei surpreso, apenas perplexo. Para ser franco, tinha pensado pouco sobre ela desde que saíra em fuga naquela rua escura.

Contei o caso a Carl, naturalmente. Havia duas coisas que ele disse, ao ouvir a história, que me ficaram na cabeça.

— Imagino que você sabe de quem ela lhe lembrou.

Quando respondi que não, ele riu.

— Pense bem — disse ele. — Vai se lembrar.

A outra observação foi esta, típica dele:

— Eu sabia que você ia encontrar alguém. Não estava dormindo quando você saiu; estava apenas fingindo. Se lhe tivesse dito o que ia acontecer, você teria tomado outra direção, só para provar que eu estava errado.

Era uma tarde de sábado quando fui ao bairro judeu. Eu tomara a direção da Place des Vosges, que ainda considero um dos lugares mais bonitos de Paris. Mas, como era um sábado, a praça estava cheia de crianças. A Place des Vosges é um lugar para se visitar à noite, quando você está absolutamente tranquilo e ávido para desfrutar a solidão. Nunca foi planejada como *playground*; é um local de memórias, um local silente, de cura, onde juntamos nossas forças.

Enquanto percorria a arcada que leva ao Faubourg St. Antoine, as palavras de Carl voltaram a mim. E no mesmo instante me lembrei com quem Mara se parecia. Era Mara-St. Louis, que eu havia conhecido como Christine. Tínhamos vindo aqui numa carruagem uma noite antes de ir até a estação. Ela ia embarcar para Copenhague e eu nunca mais a veria. Fora ideia *dela* revisitar a Place des Vosges. Sabendo que eu vinha aqui frequentemente em minhas caminhadas noturnas solitárias, ela havia pensado em me presentear a lembrança com um último abraço nesta bela praça onde havia brincado quando criança. Nunca antes tinha feito qualquer menção deste lugar em conexão com a sua infância. Sempre tínhamos falado da Île de St. Louis; fôramos frequentemente a casa onde tinha nascido e muitas vezes caminhamos noite pela ilha estreita a caminho de casa depois de uma reunião, sempre parando por um momento diante da velha casa para olhar a janela onde ela ficara sentada quando criança.

Como havia uma boa hora ou mais para matar antes da saída do trem, dispensamos a carruagem e nos sentamos no meio-fio perto da velha arcada. Uma atmosfera de alegria fora do comum prevaleceu nessa noite especial; as pessoas cantavam e as crianças dançavam ao redor das mesas, batendo palmas, tropeçando nas cadeiras, caindo e se levantando, cheias de disposição. Christine começou a cantar para mim — uma pequena canção que aprendera quando criança. As pessoas reconheceram a música e passaram a cantar também. Nunca ela pareceu mais bonita. Era difícil acreditar que logo estaria no trem — e fora da minha vida para sempre. Estávamos tão alegres ao deixar a Place des Vosges que quem visse pensaria que íamos partir para a lua de mel...

Na Rue des Rosiers, no bairro judeu, parei numa lojinha perto da sinagoga, onde vendem arenques e picles. A garota gorda de bochechas rosadas que geralmente me cumprimentava não estava lá. Foi ela quem me disse um dia, quando Christine e eu estávamos juntos, que devíamos nos casar rapidamente ou nos arrependeríamos.

— Ela já é casada — falei, rindo.

— Mas não com *você*!

— Acha que seríamos felizes juntos?

— Vocês nunca serão felizes a não ser juntos. Foram feitos um para o outro; nunca devem se deixar, aconteça o que acontecer.

Caminhei pela vizinhança, pensando nesse estranho colóquio e pensando no que teria acontecido com Christine. Então pensei em Mara soluçando na rua escura e por um momento tive um pensamento desconfortável e maluco — que talvez, naquele momento exato em que eu me separava de Mara, Christine também estivesse soluçando enquanto dormia em algum quarto de hotel infecto. De tempos em tempos me chegavam rumores de que não estava mais com seu marido, dera para andar de lugar em lugar, sempre sozinha. Nunca me escrevera uma só linha. Para ela, era uma separação final.

"Para sempre", dissera. Ainda assim, enquanto caminhava de noite pensando nela, sempre que parava diante da velha casa na Île St. Louis e olhava para a janela, parecia inacreditável que ela me houvesse dispensado para sempre, na mente e no coração. Devíamos ter dado ouvidos ao conselho da garota gorda e nos casado, aquela era a triste verdade. Se eu apenas pudesse ter adivinhado onde ela estava, teria pegado um trem e ido à sua procura, imediatamente. Aqueles soluços no escuro ecoavam em meus ouvidos. Como podia saber que ela, Christine, não estava soluçando também, agora, naquele exato momento? *Que hora era aquela!* Comecei a pensar em cidades estranhas, onde agora era noite, ou o começo da manhã: lugares solitários, esquecidos de Deus, onde mulheres desoladas e abandonadas derramavam lágrimas de dor. Peguei meu caderno de anotações e escrevi a hora, a data, o local... E Mara, onde estava agora? Ela também tinha sumido, *para sempre*. Estranho como certas pessoas entram em nossa vida apenas por um momento ou dois e depois desaparecem, *para sempre*. E, no entanto, não há nada acidental em tais encontros.

Talvez Mara tivesse sido enviada para me lembrar de que eu nunca seria feliz até que encontrasse Christine de novo...

Uma semana depois, na casa de uma dançarina hindu, fui apresentado a uma garota dinamarquesa extraordinariamente bela que acabara de chegar de Copenhague. Não era o "meu tipo", mas era de uma beleza arrebatadora, ninguém podia negar. Uma espécie de lendária figura nórdica rediviva. Naturalmente, todo mundo a estava cortejando. Não lhe dei nenhuma atenção óbvia, embora meus olhos a seguissem, até que fomos jogados juntos na pequena sala onde eram servidos os drinques. A essa altura, todo mundo, exceto a dançarina, tinha bebido demais. A beldade dinamarquesa estava encostada na parede com um copo na mão. Havia perdido toda a sua reserva. Tinha o ar de quem estava à espera de ser amassada. Quando me aproximei, ela disse, com um sorriso sedutor:

— Então você é o homem que escreve aqueles livros terríveis?

Não me dei ao trabalho de responder. Depus o copo e avancei sobre ela, beijando-a cega, apaixonada, selvagemente. Ela se desvencilhou do abraço, empurrando-me com violência. Não ficou zangada. Ao contrário, senti que esperava que eu repetisse o ataque.

— Não aqui — disse ela em voz alta.

A garota hindu tinha começado a dançar; os convidados polidamente assumiram os seus lugares na sala. A garota dinamarquesa, cujo nome não era outro senão Christine, me levou até a cozinha a pretexto de fazer um sanduíche para mim.

— Sabe que sou uma mulher casada — disse ela, assim que ficamos a sós. — Sim, e tenho dois filhos, duas crianças maravilhosas. Gosta de crianças?

— Gosto de *você* — falei, dando-lhe outro abraço e beijando-a sofregamente.

— Você se casaria comigo — perguntou —, se eu fosse livre?

Lançou esta na bucha, sem preliminares. Fiquei tão atônito que disse a única coisa que um homem pode dizer nas circunstâncias. Eu disse sim.

— Sim — repeti —, eu me casaria com você amanhã... Agora mesmo, se você quisesse.

— Não seja tão rápido — disse —, posso levar a sério sua palavra.

Isto foi dito com tanta franqueza que por um instante fiquei sóbrio, quase assustado.

— Não, não vou pedir para que se case comigo imediatamente — continuou ela, observando meu espanto. — Só queria saber se você era do tipo casadouro. Meu marido morreu. Sou viúva há mais de um ano.

Aquelas palavras tiveram o efeito de me deixar lúbrico. Por que viera ela a Paris? Obviamente para se divertir. Seu encanto era o típico charme frio e sedutor das mulheres nórdicas, nas quais o pudor e a lascívia batalham pela supremacia. Sabia que ela queria que eu lhe falasse de amor. Diga qualquer coisa que quiser, mas use a linguagem do amor — as palavras glamourosas, românticas, sentimentais que ocultam a realidade feia e nua do assalto sexual.

Coloquei minha mão bem sobre sua boceta, que fumegava como esterco sob seu vestido, e disse:

— *Christine*, que nome maravilhoso! Só uma mulher como você poderia ter um nome tão romântico. Me faz pensar nos fiordes glaciais, em figueiras gotejando neve. Se você fosse uma árvore, eu a arrancaria pelas raízes. Entalharia minhas iniciais no seu tronco...

E saí matraqueando mais baboseiras enquanto a enganchava com firmeza, enfiando meus dedos na sua racha cheia de goma. Não sei até onde a coisa poderia ter ido, ali na cozinha, se nossa anfitriã não nos tivesse interrompido. Era também uma cadela lasciva. Tive de bolinar as duas ao mesmo tempo. Por delicadeza, finalmente voltamos ao salão para assistir ao espetáculo da garota indiana. Ficamos bem afastados dos outros, num canto escuro. Eu tinha um braço em volta de Christine; com a minha mão livre, fazia o que podia com a outra.

A festa chegou a um fim abrupto por causa de uma briga de socos entre dois americanos bêbados. Na confusão, Christine saiu com o conde derreado que a tinha trazido à festa. Felizmente, peguei seu endereço antes de sair.

Quando cheguei em casa, fiz a Carl um relato inflamado da ocorrência. Ele ficou todo excitado. "Precisamos convidá-la para jantar — quanto mais cedo, melhor." Convidaria uma amiga sua, uma amiga nova que conhecera no Cirque Médrano. Era uma acrobata, disse. Não acreditei numa só palavra, mas sorri e disse que estava ótimo.

A noite veio. Carl havia preparado o jantar e, como de costume, tinha comprado os vinhos mais caros. A acrobata chegou primeiro. Era alerta, inteligente, lépida, com feições pequenas e delicadas que, graças aos seus cabelos frisados, a faziam parecer de certa forma um lulu-da-pomerânia. Era uma daquelas almas despreocupadas que fodem à primeira vista. Carl não vibrava tanto com ela quanto costumava vibrar com uma nova aquisição. Ficou genuinamente aliviado, porém, ao encontrar uma substituta para a soturna Eliane.

— O que acha dela? — perguntou, puxando-me de lado. — Acha que serve? Nada má, hein? — Então, como um adendo: — A propósito, Eliane está bastante caída por você. Por que não a procura? Não é uma foda ruim, posso lhe garantir. Não precisa gastar tempo nas preliminares, é só sussurrar algumas palavras agradáveis e meter direto. Ela tem um boceta que funciona como uma bomba de sucção...

Com isso, fez um sinal para que Corinne, sua amiga acrobata, se juntasse a nós.

— Vire-se — disse a ela —, quero mostrar a ele sua bunda. — Esfregou a mão no traseiro dela em apreciação. — Sinta isto, Joey — disse ele. — É como veludo, não acha?

Eu estava justamente seguindo a sua sugestão quando houve uma batida na porta.

— Deve ser a *sua* boceta — disse Carl, indo até a porta e abrindo-a. Ao ver Christine, deu um uivo e, abraçando-a, arrastou-a para dentro da sala, exclamando: — Ela é maravilhosa, maravilhosa! Por que não me disse que era tão bonita assim?

Achei que ele ia ficar maluco de admiração. Dançou pela sala e bateu palmas como uma criança.

— Oh, Joey, Joey — disse ele, lambendo os beiços de antecipação. — Ela é *maravilhosa*. É a melhor boceta que você já descobriu!

Christine ouviu a palavra boceta.

— Que quer dizer? — perguntou.

— Quer dizer que você é bonita, envolvente, radiante — falou Carl, segurando suas mãos em êxtase. Seus olhos estavam úmidos como os de um filhote de cão.

O inglês de Christine era quase elementar; Corinne sabia ainda menos. Então falamos em francês. Como aperitivo, tomamos um vinho alsaciano. Alguém colocou um disco e Carl começou a cantar, seu rosto vermelho como uma beterraba, os lábios úmidos, os olhos brilhantes. De vez em quando, ele ia até Corinne e lhe dava um beijo na boca — para mostrar que não tinha se esquecido dela. Mas tudo o que dizia era endereçado a Christine.

— Christine! — dizia, acariciando seu braço, afagando-a como um gato. — *Christine!* Que nome mágico! — (Na verdade, ele detestava o nome; costumava dizer que era um nome estúpido, feito para uma vaca ou para uma égua manca.) — Deixe-me pensar — e rolava os olhos para o céu, como se estivesse se esforçando para capturar a metáfora precisa. — É como renda fina ao luar. Não, luar não... *crepúsculo.* Enfim, é frágil, delicado, como a sua alma... Alguém me sirva outro drinque, por favor. Posso pensar em imagens melhores do que esta.

Christine, à sua maneira prática, interrompeu a interpretação dele, perguntando se o jantar iria demorar. Carl fingiu-se de chocado.

— Como pode uma criatura bonita como você pensar em comida num momento destes? — exclamou.

Mas Corinne também estava com fome. Sentamos, Carl ainda vermelho como uma beterraba. Passeou o olhar aquoso de uma para a outra, como sem saber qual delas ia lamber primeiro. Tinha decididamente o ar de quem queria lambê-las da cabeça aos pés. Depois de algumas garfadas, levantou-se e foi babar sobre Corinne. Então, como se fosse um gato, montou sobre Christine e passou a lambê-la. O efeito foi agradável, mas as deixou ligeiramente tontas. Deviam estar se perguntando como iria terminar a noitada.

Eu ainda não havia tocado em Christine. Estava curioso para observar o seu comportamento — como ela falava, como ela ria, como comia e como bebia. Carl continuava enchendo os copos, como se estivéssemos bebendo limonada. Christine parecia acanhada, achei, mas o vinho logo faria efeito. Não demorou e senti uma mão na minha perna, apertando-a. Agarrei-a e coloquei-a no meio das pernas. Ela retirou a mão, como que assustada.

Carl começou a fazer-lhe perguntas sobre Copenhague, sobre sua infância, sobre sua vida conjugal. (Esquecera que o marido dela já havia morrido.) Subitamente, a propósito de nada, olhou para ela com um sorriso malicioso e perguntou:

— *Ecoute, petite,* o que eu queria saber é se ele lhe dá uma boa trepada de vez em quando.

Christine ficou escarlate. Encarando-o nos olhos, respondeu friamente:

— *Il est mort, mon mari.*

Qualquer outro teria ficado mortificado. Não Carl. Levantou-se com uma expressão natural e bem-humorada e, indo até ela, beijou-a castamente na testa.

— *Je t'aime* — disse ele, e trotou de volta à sua cadeira. Um momento depois ele tagarelava sobre espinafre e como era gostoso comido cru.

Existe algo nas pessoas nórdicas que eu não entendo. Nunca conheci um deles, homem ou mulher, com quem pudesse ter uma relação realmente calorosa. Não quero dizer, ao mencionar isto, que a presença de Christine fosse inibidora. Ao contrário, a noite rolou como uma máquina bem lubrificada.

Terminado o jantar, Carl levou a sua acrobata para o divã. Deitei-me no tapete com Christine, no quarto ao lado. Ela resistiu no início, mas, depois que abri suas pernas e a deixei molhadinha, ela embarcou na brincadeira com muito gosto. Depois de alguns espasmos, começou a chorar. Chorava pelo marido morto, confessou. Eu não conseguia entender. Tive vontade de dizer: "Por que levantar *este* assunto agora?" Esforcei-me para descobrir no que, precisamente, estava ela pensando em relação ao falecido. Para meu espanto, ela disse: "O que ele pensaria de mim se me visse deitada aqui no chão com você?"

Aquilo soou tão ridículo para mim que senti vontade de espancá-la. Um desejo profano tomou conta de mim, de fazer algo a ela que exigisse uma demonstração sincera de vergonha e remorso.

Foi então que ouvi Carl se levantar e ir ao banheiro. Chamei-o para vir tomar um drinque conosco.

— Espere um minuto — falou —, aquela puta está sangrando como uma porca estripada.

Quando saiu do banheiro, eu lhe disse, em inglês, para tentar a sorte com Christine. Dito isso, pedi licença e fui ao banheiro. Quando voltei, Christine ainda estava deitada no chão, fumando um cigarro. Carl estava deitado a seu lado, gentilmente tentando abrir suas pernas. Ela continuava ali, fria como um pepino, as pernas cruzadas, uma expressão vazia no rosto. Servi mais uns drinques e fui até a sala conversar com Corinne. Ela também estava deitada com um cigarro entre os lábios, pronta, imaginei, para outro embate se alguém se candidatasse. Sentei-me ao lado dela e falei pelos cotovelos para dar tempo a Carl de resolver a sua parada.

Justamente quando achava que tudo ia bem, Christine apareceu de repente na sala. Na escuridão, tropeçou no divã. Eu a amparei e puxei para o lado de Corinne. Num instante, Carl também apareceu e jogou-se no divã. Todo mundo ficou em silêncio. Nos ajeitamos, tentando ficar confortáveis. Na pegação geral, minha mão tocou num seio nu. Era redondo e firme, o mamilo durinho e tentador. Fechei a boca sobre ele. Reconheci o perfume de Christine. Deslocando a cabeça para procurar sua boca, senti uma mão se enfiando por minha braguilha. Quando meti a língua na sua boca, virei-me um pouco para que Corinne pudesse tirar meu pau para fora. Num momento senti seu hálito quente sobre ele. Enquanto ela ia sugando, eu agarrava Christine apaixonadamente, mordendo seus lábios, sua língua, sua garganta. Ela parecia se achar num estado incomum de paixão, fazendo os mais estranhos grunhidos e movimentos espasmódicos com o corpo. Com os braços ao redor do meu pescoço, deu-me uma "gravata"; sua língua havia engrossado, como se estivesse inchada de sangue. Lutei para desvencilhar minha pica da boca de Corinne, que parecia uma fornalha incandescente, mas em vão. Suavemente tentei livrar o caralho, mas ela se agarrava a ele como um peixe, prendendo-o com os dentes.

Enquanto isso, Christine se contorcia com mais violência, como se à beira de um orgasmo. Consegui libertar o braço, que ficara preso sob suas costas, e deslizei a mão por seu torso. Logo depois da cintura senti algo duro; era coberto de pelos. Meti os dedos na coisa.

— Ei, sou *eu* — disse Carl, recuando a cabeça. Com isso, Christine começou a me separar de Corinne, mas Corinne se recusava a me soltar. Carl se jogou sobre Christine, que estava fora de si. Eu estava deitado numa posição que me permitia fazer cócegas no seu rabo enquanto Carl metia nela. Achei que ela ia enlouquecer, do jeito que se contorcia, gemia e falava coisas incoerentes.

De repente, tudo terminou. Christine pulou fora da cama e partiu para o banheiro. Por um momento ou dois, nós três ficamos em silêncio. E então, como se tivéssemos sido atingidos no mesmo local maluco, explodimos em gargalhadas. Carl ria mais do que todos — uma daquelas suas gargalhadas que ameaçavam nunca chegar ao fim.

Ainda ríamos quando a porta do banheiro subitamente se escancarou. Lá estava Christine, num fulgor de luzes, seu rosto ardente e vermelho, perguntando raivosa se sabíamos onde estavam suas roupas.

— Vocês são uns nojentos — gritou. — Eu quero ir embora daqui!

Carl fez uma tentativa para acalmar seus sentimentos exaltados, mas eu o cortei.

— Deixa ela ir embora, se é o que quer — falei.

Não cheguei nem a me levantar para procurar suas roupas. Escutei Carl dizer-lhe algo ao pé do ouvido e então ouvi a voz irada de Christine:

— Me deixe em paz, você é um porco nojento!

Depois disso a porta bateu com força e ela partiu.

— Esta é a sua beldade escandinava — falei.

— É, é — resmungou Carl, andando de um lado para o outro, de cabeça baixa.

— E qual é o problema? — indaguei. — Não seja idiota! Demos a ela a grande emoção da sua vida.

Ele começou a dar um riso abafado, de uma maneira maluca.

— E se ela tivesse gonorreia? — falou e saiu correndo para o banheiro, onde fez um ruidoso gargarejo. — Escute, Joey — gritou, em meio a uma cusparada —, o que você acha que a deixou tão zangada? Será que foi porque rimos tanto?

— São todas assim — disse Corinne. — *La pudeur.*

— Estou com fome — falou Carl. — Vamos nos sentar e jantar de novo. Pode ser que ela mude de ideia e volte.

Resmungou alguma coisa para si mesmo e então acrescentou, como se estivesse fazendo uma soma:

— Isso não faz sentido.

—Henry Miller
Cidade de Nova York, maio de 1940.
Reescrito em Big Sur, maio de 1956.

Este livro foi composto na tipografia Minion
Pro, em corpo 12/17, e impresso em
papel off-white no Sistema Digital Instant Duplex
da Divisão Gráfica da Distribuidora Record.